KB171983

내일 눈이 내려도
오늘 길 위에 발자국을 남기겠어요

내일 눈이 내려도
오늘 길 위에 발자국을 남기겠어요

최종문

김세미

새로미

신지나

서남재

이영제

한희재

전여진

들어가며

한 줄의 문장은 지금 한순간도, 오늘 하루도, 지나온 한 평생도 남을 수 있기에 글을 대하는 자세는 늘 조심스러워야 한다. 무심코 써 내려간 글이 자칫 스스로 감당할 수 있는 범위를 벗어나 버리지 않도록 항상 주의를 기울여야 한다. 말은 흘러가지만 글은 머무른다. 글은 처음 모습 그대로 남기에 글을 쓰기 시작하면 끊임없이 매 순간을 반추하고, 반성해야 한다.

그렇기에 글을 쓰는 이들은 어느 것 하나 쉬이 확신하지 않는다. 늘 의심하고, 되묻고, 곱씹어 본다. 그러나 수십 번을 되물어도 때로는 부족하기도, 때로는 과하기도 한 것이 글이다. 글쓰기는 조그만 잔에 물을 따르는 것과 비슷하다. 부족하면 목을 축일 수조차 없이 무의미하게 잔 속에서 찰랑이고, 과하면 넘쳐흘러 주변을 어지럽힌다. 글이라는 잔을 딱 알맞게 채우기 위해 글을 쓰는 이들은 부단히도 노력한다.

이 책의 저자들은 무수한 시행착오를 겪으며 각자의 잔에 조심스럽게 첫 글을 채워 넣었다. 글을 읽는 이들에게 누군가의 잔은 너무 크게, 누군가의 잔은 너무 작게 느껴질 수도 있다. 또, 누군가의 잔은 적게 채워진 것처럼, 누군가의 잔은 넘쳐흐른 것처럼 보일 수도 있다. 하지만 이 책의 저자들은 자신의 잔이 어떤 형태이든 그저 똑같이 의심하고, 되묻고, 곱씹으며 자신의 글을 써 내려갔을 뿐이다. 그들은 긴 시간 공을 들여 각자의 첫 잔을 내어 놓았다. 비록 적당히 채워진 잔이 아닐 수 있지만, 그들이 고심하여 처음으로 내어 놓은 글인 만큼 더 나아질 다음을 고대하며 기꺼운 마음으로 받아들여 보길 권한다.

- 공동저자 中 이영제

차 례

들어가며 · 4

최종문 글월 문 · 9

김세미 사춘기보다 지독한 삽십춘기 · 29

새로미 떠나지 않아도 행복한 삶을 꿈꾸며 · 55

신지나 산은 언제나 거기에 있어 – 등산 초보자의 등산 기록 · 83

서남재 오늘도 거리로 나선다 · 113

이영재 유성의 소리 · 147

한희재 이제 서른 · 181

전여진 한 편의 영화와 요가 · 207

글월 문

최종문

최종문

책을 좋아하는 사람.

조금 더 괜찮은 사람이 되고 싶어 책을 읽는다.

대전에서 태어나 자랐고 대학에서 의학을 공부했다. 혼자 책을 읽는 것으로는 모자라 독서모임을 운영하며 책 읽는 삶을 퍼뜨리고 있고, 이제는 글쓰기에도 발을 들였다. 오늘도 퇴근 후 늦은 저녁, 집 근처 도서관에 앉아 책을 읽는다. 이미 지나간 삶의 크고 작은 여정들이 모두 켜켜이 쌓여 오늘의 내가 되었음을 인식한다.

인스타그램: @finaldoor2

이메일: finaldoor2@gmail.com

글월 문

"엄마, 내 이름은 왜 '문'으로 지었어?"

어렸을 때, 큰 형의 이름에는 '윤'이 붙어 고급스럽다고 느꼈고 작은 형의 이름에는 '원'이 붙어 부르기 쉽고 편하다고 생각했다. 반면에 내 이름의 '문'은 열고 닫는 흔하디흔한 출입문 같은 이미지에다 부를 때도 입술에 힘을 줘야 하는 각진 자음 미음(ㅁ) 때문에 투박하기 그지없었다. 그래선지 할아버지가 내 이름을 지을 때는 형들 이름을 지을 때 보다 반의반 정도로 심사숙고를 덜 한 게 아닐까 하는 자못 서운한 마음이 들었다. 할아버지는 여동생의 이름엔 돌림자를 쓰지 않고 '남희'라는 만화 주인공 같은 예쁜 이름을 주셨는데, 그러실 거면 내 이름도 돌림자에 상관없이 완전히 새롭고 멋진 두 글자로 주셔어도 되는 거 아닌가 하는 의문도 있었다.

그래도 다행인 건 내 이름의 '문'자는 한자로 '글월 문(文)'이라서, 어른들이 이름을 한자로도 쓸 줄 알아야 된다고 할 때마다 획 네 개를 모자와 엑스자로 재빠르게 그어 쉽게 완성할 수 있었던 점이다. 그때까지는 한자가 뜻글자라는 것을 제대로 이해하지 못했었는데 4학년 때 한문학원에 다니면서부터 한자에는 글자마다 뜻이 있음을 알게 되었고, 내 이름의 '글월 문'이 글, 문자, 책, 공부 등을 의미한다는 걸 알게 되었다. 엄마한테 듣기로 할아버지께서는 책 많이 보고 공부 많이 하는 그런 훌륭한 사람이 되라는 뜻으로 내 이름을 지으셨다고 한다.

이름에 새겨진 주술적인 힘이 정말로 있는 건지, 집안에서 내가 가장 책을 많이 보고 가장 공부를 많이 했는데 고모들은 그런 나를 볼 때마다 아빠에게 '쟤는 누굴 닮아서 저렇게 공부를 잘한대'라는 부러움과 의문이 애매하게 섞인 말로 가방끈이 짧은 엄마와 아빠를 적당히 기분 좋게 했다. 학창 시절에 공부만 잘한 걸로 끝났으면 이름에 새겨진 주술의 힘을 생각하지 않았을지 모르겠다. 공부 잘하는 학생은 어디에든 있으니까. 나는 직업인으로서 사회에 나온 후에도 책을 늘 곁에 두고 서점이나 도서관을 마당처럼 드나드는 사람이 되었고, 혼자 읽는 걸로는 모자라 지인들을 꾸려 독서모임도 운영하며 글 읽는 삶을 퍼뜨리고 있다. 그리고 이제는 하다 하다 글 쓰는 모임까지 나가 이렇게 글을 쓰고 있는 걸로 보면 내 이름에 새겨진 '글월 문'에는 영험한 부적과 같은 할아버지의 주문이 정말로 깃들어 있는 것은 아닐까 싶다.

아동용 세계문학전집

국민학교 5학년 무렵 사촌 형들로부터 수십 권짜리 아동용 세계문학전집 시리즈를 물려받았다. 큰 형과는 열두 살, 작은 형과도 열 살 터울이어서 그 책들은 형들과의 나이 차이만큼이나 누렇게 바랬고 다락방 같은 퀴퀴하고 서늘한 종이 냄새가 났다. 책의 외형만 낡은 것이 아니라 책에 쓰인 표현 또한 시간의 흔적이 느껴질 만큼 낡은 단어와 어법이 가득했다. 그러다 보니 세계문학이라고 하는 것은 원래가 그렇게 고루한 언어들로 쓰이는 책인 줄만 알았고 또 그게 은근히 멋있다고 생각했다.

아마도 그 책들은 빠르면 1970년대 늦어도 1980년대에 만들어졌을 텐데, 당연하게도 컬러가 전혀 없이 표지부터 글자까지 모두 흑백이었고 삽화도 거의 없었다. 간혹 등장하는 삽화들은 아동용답게 명료한 데생들로 이루어져 있었는데, TV 만화에서 보던 유치한 요괴 그림이나 교과서에서 보던 '철수와 영희 같은 그림들'과는 다른 이국적인 인물들과 서양식 장면들이 그려져 있어서 어린 마음에도 세계에 대한 환상과 동경을 불러일으켰다. 그중에서도 특히 『15소년 표류기』, 『로빈슨 크루소』 같은 모험과 항해를 다룬 소설들을 즐겨 읽었는데, 나도 나중에 어른이 되어 세계 곳곳을 누비는 상상을 자주 했다.

책에 빠져 있을 때는 자주 시간이 멈춘 것처럼 느껴졌는데, 엄마가 밥 먹으라고 세 번 네 번 부르는 소리에 정신을 차리고 거실 벽 시계를 보면 하루가 다 지나곤 했다. 내 방 책상 아래 고양이처럼 웅크려 앉아 불편한 자세로 책에 빠져있기도 했고, 거실 바닥에 배 깔고 납작 엎드려 두 시간이고 세 시간이고 책을 보기도 했다. 형광등이 지금만큼 좋지 않았던 탓인지, 책을 너무 가까이서 본 탓인지 그 무렵부터 안경을 쓰기 시작했는데, 안경점에서 처음 써본 안경을 거울로 보니 어색했지만 마치 내가 선생님같이 빨리 어른이 될 것 같아 그 모습이 마음에 들었다.

하루는 학교에 책장수가 반마다 돌아다니시며 수업 중이신 담임선생님께 양해를 구하고 책을 판매하러 오셨다. 학생들에게 문학전집, 과학전집, 백과사전 같은 것들을 설명하고 구입하고 싶은 사람은 아저씨가 나눠준 종이에 집 전화번호와 주소를 써서 제출하면, 나중에 아저씨가 집으로 방문해서 돈을 받고 책을 주는 시스템이었다. 그날 책장수가 판매하는 책 중엔 우리 집에 있는 아동용 세계문학전집의 '컬러판'이 있었는데, 아저씨가 두 손으로 들어서 보여주시며 설명하신 그 책 몇 권을 보자마자 갖고 싶어 가슴이 너무나 쿵쾅쿵쾅 거리며 입이 떡 벌어졌다. 컬러판이라고는 해도 지금처럼 형형색색의 다채로운 컬러는 아니고 몇 가지 색들로만 조합된 컬러판이었다. 삽화는 흑백판과 동일한 그림이었는데 컬러가 입혀져서 『빨간 머리 앤』 앤의 머리카락은 진짜 빨간색이었고, 『소공자』의 세드릭 머리카락은 정말 금발로 색칠되어 있었다. 나는 아저씨가 나눠주신 종이에 망설임 없이 우리 집 전화번호와 주소를 썼고, '세계문학전집 컬러판'에 체크를 해서 제출했다. 그날 집에 가서 엄마에겐 책 장사 아저씨가 학교에서 책을 보여줬는데 갖고 싶은 책들이 있어서 체크해서 제출했으니 곧 아저씨한테 전화가 오고 집으로 찾아올 거라고 얘기했다.

설레는 마음을 누르고 지낸 며칠 뒤에 아저씨에게 전화가 오고 내가 체크한 '세계문학전집 컬러판'을 수레에 끌고 집으로 찾아오셨다. 그날은 엄마보다 두 살 아래 작은 이모가 우리 집에 와있었는데, 엄마와 이모는 아저씨가 내려놓은 책을 보더니 "어? 이거 집에 있는 거랑 같은 책 아니니?" 하며 단번에 알아보았다. 엄마는 내 방에서 흑백판 세계문학전집 몇 권을 꺼내와서 아저씨 앞에 보여주고는 "이거는 흑백이긴 한데 집에 이미 있는 거예요." 하면서 구입할 필요가 없다며 돌아가라고 하셨다. 나는 컬러판의 가치를 몰라주는 엄마에 대한 무심함과 책 장사 아저씨에 대한 민망함, 작은 이모가 내 편이 되어주지 않는 서운함이 범벅이 되어 울먹이며 "이거는 흑백이고, 저거는 색깔 있는 거라 완전히 다른 건데…" 하며 내 방으로 들어가 씩씩거리며 엉엉 소리 내 울기 시작했다. 아저씨가 어떻게 돌아가셨는지는 기억나지 않고, 작은 이모가 보는 앞에서 엄마에게 엄청나게 혼났던 것만 기억난다. 꼭 필요하지도 않은 똑같은 책을 몇 만 원씩이나 주고 사는 게 말이 되느냐는 타박에 따박따박 말대답을 하며 저녁 늦도록 서운한 울분을 삭이지 못했다.

한 살 터울 여동생은 그런 오빠가 울먹거리며 혼나고 눈과 입이 퉁퉁 부은 모습이 자주 보지 못할 재밌는 광경인 듯 놀려댔다.

독서평설 콜렉터

"아저씨, 독서평설 9월호는 아직도 안 나왔어요?"

"글쎄다. 나올 때가 됐는데. 늦어도 이번 주에는 들어올 거니까 금요일쯤에 다시 와봐."

나는 고등학생 때 '독서평설 콜렉터'였다. 지금은 책에 관해서라면 인터넷 서점의 서평과 고객 후기, 유튜브, 팟캐스트 등 다양한 방법으로 책에 대한 정보를 클릭 몇 번만으로도 얻을 수 있지만, 내가 중고생이었던 90년대 후반에는 '독서평설'외에는 청소년의 눈높이에서 책을 직접 읽지 않고도 책에 대한 정보를 얻을 수 있는 방법이 거의 없었다. 단순히 책이 좋아서 '독서평설'을 읽었다기보다는, 사실은 수능 언어영역 과목을 폭넓게 대비할 수 있다는 점이 구매에 더 큰 동기가 되었다. 또 월간잡지를 매달 사서 소장했던 첫 번째 경험이기도 했기 때문에 매달 한 권씩 책장에 꽂혀가는 컬렉션을 바라보는 즐거움도 나만의 소중한 추억이었다.

선생님이나 친구들의 추천도 책 정보를 얻기에 괜찮은 방법이긴 했지만, 그런 선생님과 친구는 손에 꼽을 정도였다. 한 번은 중학생 때 과학 선생님이 학생들에게 베르나르 베르베르의 『개미』를 소개해 주시면서 생물 탐구에 대한 호기심을 심으려고 하셨지만, 나와 한두 명을 제외하고는 거의 모두 책을 읽지 않았는데, 그럼에도 불구하고 많은 학생들은 과학 선생님의 과학 관련 소설책 이야기 시간을 이러저러한 각자의 이유들로 꽤나 즐거워했다.

'독서평설'에는 인문, 교양, 문학 등 다양한 주제의 글들이 실렸고, 책 추천, 짧은 단편 소설들이 실리는데, 지금도 기억나는 소설 중에 하나가 박영준의 〈모범 경작생〉이다. 내용은 일제강점기 농민들의 생활상과 농업정책의 허구성에 대해 다뤘는데, 교과서나 참고서 어디에도 거의 나오지 않는 작품이다. 그런데 이 작품이 독서평설에 소개되어 무심코 한번 읽은 적이 있었는데, 얼마 지나지 않아서 모의고사에 이 소설이 나왔었다. 나는 속으로 쾌재를 부르며 '아싸 이건 나를 위해 맞추라고 낸 문제다.' 하며 문제를 풀었는데, 그 소설을 접해서 아는 것과 수능의 지문을 맞추는 것은 또 다른 차원이라서 결국 그 문제를 틀리고 말았다. 그 소설을 전혀 읽어보지 않고 틀렸다면 모르겠지만, '나만 읽어본 소설이었는데도 그 문제를 틀려버렸다니…. 너무 아쉬워 했던 기억이 이십여 년 지난 아직까지도 남아있다.

학창 시절 내게 '독서평설'은 어쩌면 내가 살아갈 세상의 지구본 같은 것이었다. 과거에 어떤 사람들이 이런저런 족적들을 남겼는지, 나와 다른 사람들이 무슨 주제로 고민하고 있는지, 세상 어디에 가면 어떤 사람들이 있는지 등을 알게 해 주었고, 매일매일 학교에서 내신과 수능에 목을 매고 있는 것처럼 살지만 그게 전부가 아니라는 것을 진작에 깨닫게 했다.

지금도 종종 도서관 잡지 코너에서 '독서평설'을 들추면, 거기 이십여 년 전의 내가 있다.

박완서

할머니는 손자들 중 한 명을 부를 때 주름진 목소리로 "종운아" 하고 부르곤 하셨다. 그러면 '종윤'이와 '종원'이와 '종문'이가 동시에 "네" 하고 대답하곤 했는데, 비슷한 이름의 손자들 셋 중 누구도 자기를 부르는지 확신할 수 없어서 할머니에게 다시 물어보곤 했다. "저 불렀어요? 할머니?" 할머니의 발성이 조금 더 젊고 또렷했다면 세 손자의 이름을 정확히 구별해서 부를 수도 있었겠지만, 할머니는 여든을 훌쩍 넘겨 목소리조차 작고 노쇠했기에 손자들 중 하나라도 자기 이름인 줄로 듣고 대답해 주는 것만으로도 다행이었다. 어쩌면 할머니는 손자 셋이 합창하듯 "네" 대답하는 소리가 병아리들처럼 들려 일부러 그렇게 종운이 부르기를 즐기셨던 건 아닐까도 싶었다.

할머니가 돌아가신 해 겨울에 박완서 작가도 향년 79세의 나이로 세상을 떠났다. 나는 그 두 명의 할머니를 모두 잃은 쓸쓸함 때문에 다시 박완서 소설집과 산문집을 쌓아두고 읽었다. 『그대 아직도 꿈꾸고 있는가』, 『그 많던 싱아는 누가 다 먹었을까』, 『그 남자네 집』등 한국 근현대사의 흐름과 함께 한 자전적인 소설들을 읽으면서 감동하기도 했지만, 내가 더 좋아하는 글들은 박완서 작가의 산문들이었다. 특히 말년에 쓴 산문들은 노년의 따뜻한 관조의 시선으로 쓰여 있어 마치 우리 할머니의 무릎을 베고 누워 도란도란 듣는 이야기 같다.

…저 고운 빛깔을 무엇에 비할까, 혼자 보기 아까워하면서 바라보고

있는데 딸애가 푸듯이 말했다. 엄마, 저 살구나무 가장귀 좀 봐요, 꼭 봉숭아 꽃물 든 손가락을 뻗쳐 들고 있는 것 같잖아요. 아아, 그래 바로 그 빛깔이었구나. 딸의 표현은 절묘했고, 나는 감동했다. 누가 왜 사느냐고 물으면 그 맛에 산다고 해도 될 것 같다.

_『모래알만 한 진실이라도』〈마음 붙일 곳〉(2000) 중에서

지금까지도 책장에 꽂아두고 인생의 갈림길에 설 때마다 현명한 조언과 위로를 구하고자 들여다보는 책이 박완서 산문집인데, 특히 최근에는 무엇을 바라고 이토록 치열하게 살고 있는지 회의감이 들 때 작가의 글 속에서 토닥이는 위로를 받고 눈시울이 붉어졌다.

…아침에도 노을이 지지만 그건 곧 눈부신 햇살을 거느리기 때문에 사라지는 게 아니라 잊혀진다. 그러나 저녁노을은 언제 그랬더냐 싶게 순식간에 사라진다. 그 끝이 어둠이기에 순간의 영광이 더욱 강렬한 여운을 남긴다. 저녁노을이 아름다운 까닭은 그 집착 없음 때문이다. 인간사의 덧없음과, 사람이 죽을 때 어떻게 죽어야 하는지 알 것 같다. 아아, 그러나 너무도 지엄한 분부, 그리하여 알아듣고 싶어하지 않는 건지도 모르겠다.

_『두부』〈노을이 아름다운 까닭〉(2001) 중에서

다른 작가의 글을 읽을 때와는 다르게 박완서 작가의 글을 읽다 보면 드는 생각은, 이제 환갑도 지난 나의 엄마도 이만한 삶의 무게와 인

생의 연륜을 충분히 갖고 있는데 아직 글로 써내지 못하고 단지 머릿속 생각과 기억, 말들로만 남아있다는 것이다. 그래서 그것들을 조금 더 끄집어 내 듣고 싶어 엄마의 지나온 삶에 대해 이따금 물어보곤 한다. 그것들을 모아 언젠가 엄마의 자서전을, 혹은 엄마의 산문집을 내가 대신 써보는 때가 올 수도 있을 것 같다.

도서관

국가도서관 통계시스템 (www.libsta.go.kr)에 따르면, 한국에는 20,580곳의 도서관이 있다(2020년 기준, 공공 도서관, 작은 도서관, 학교 도서관 포함) 전국 읍면동 단위 행정구역이 약 3,400여 개이므로, 읍면동마다 대략 6개 정도의 도서관이 분포하고 있는 셈이다. 이는 변두리나 시골이 아닌 도시라면, 도보거리 어딘가에 도서관 하나쯤은 있다는 의미이기도 하다.

낯선 곳으로 며칠간 여행을 갈 때 내가 늘 찾아보는 것 중 하나는 숙소 근처 도서관의 유무와 위치이다. 도서관은 분주한 여행의 일정에서 잠시 책과 함께 한숨 돌리며 무료로 쉬어 갈 수 있는 곳이며, 여러 지역 도서관들은 그 지역의 문화를 소개하는 장소이기도 하고, 몇몇 도서관들은 전국적으로도 유명한 핫플레이스인 경우도 있다. 최근 다녀왔던 제주 서귀포시 표선면 '표선 도서관'은 표선해수욕장 근처에 위치한 오래된 작은 도서관인데, 1층 로비를 바닷가 느낌의 파라솔과

비치체어, 캠핑장비들로 꾸며 방문자들이 사진도 찍으며 편하게 책을 보다가 갈 수 있도록 했다. 특히 표선도서관은 평일 밤 10시까지 운영해서 나는 거의 매일 밤 도서관에서 시간을 보내다가 숙소로 돌아오곤 했다.

나의 첫 번째 도서관 기억은 우리 동네 대전 배제시장 마을금고 2층에 위치한 작은 도서관이었다. 1990년대 국민학생의 여름과 겨울 방학기간은, 〈탐구생활〉이라는 방학용 자율학습 교재에 공부한 흔적을 최대한 많이 남겨 개학식 날 제출할 수 있도록 만드는 시간이었다. 나는 방학 때마다 그 마을금고 도서관에 가서 친구들과 함께 '탐구생활 꾸미기'를 했다. 〈탐구생활〉에는 빈 공간이 따로 없었기 때문에, 성실한 학생들일수록 공부한 내용을 글씨로 써서 종이로 붙여 채워 넣거나 추가 자료들을 도서관에서 찾아 복사해서 붙여 넣었다. 그러면 원래는 두께가 1센티미터도 안 되는 그 얇은 책이 나중에는 10센티미터도 훌쩍 넘게 두꺼워졌다. 학교에서는 학생들이 제출한 탐구생활들로 점수를 매겨 학년별로 상을 주고 상 받은 학생들의 탐구생활을 전시했는데, 순위권의 탐구생활들은 우열을 가리기 힘들 정도로 우등생들의 방학을 두께로 증명해 보였다. 개중에는 곤충채집 관련 내용에 잠자리 같은 곤충을 직접 잡아 그걸 투명테이프로 〈탐구생활〉 책에 직접 붙여오는 친구들도 있었는데, 잠자리가 불쌍하다거나 징그럽다는 느낌보다는 '아, 저건 반칙인데'라는 생각이 먼저 들었다.

그 두께를 월등히 두껍게 만들기 위해 필요한 책들은 대부분 백과사전이었다. 작은 도서관이지만 백과사전류는 나름 종류별로 다양하게 갖추고 있었는데, 같은 사물이나 현상에 대해 서술함에도 출판사마다 문체가 다름은 물론이고, 설명하는 방식, 심지어는 근거자료까지도 달라서 어린 나이에도 세상에 하나의 정답만 있는 것이 아니라는 것을 어렴풋이 느꼈던 것 같다. 물론 그 여러 백과사전들 중에 내가 선택해서 복사했던 것은 길고 장황하게 설명되어 〈탐구생활〉을 조금이라도 더 두껍게 만드는데 도움이 되는 백과사전이었다.

요즈음 가장 애정 하는 도서관은 집에서 도보 1분 거리에 있는 '손기정 문화도서관'이다. 이 도서관은 양정고등보통학교(현 손기정기념관) 후관 건물이 전신으로 1927년에 지어졌는데, 2013년부터 '손기정 작은 도서관'이 들어와 2021년 리모델링을 거쳐 현재의 '손기정 문화도서관'으로 개관하였다. '문화도서관'이라는 이름처럼 다양한 문화행사뿐만 아니라 아름답고 따뜻한 실내외 인테리어, 도서관 전체에 항상 들리는 잔잔한 음악까지 다른 도서관에서는 볼 수 없는 독특함을 갖춘 곳이다. 이 도서관은 서가와 열람실의 구별이 따로 없는데, 서가 주변 곳곳에 배치된 좌석 어디에 앉든 창밖의 탁 트인 외부와 초록 나무들을 볼 수 있어서 숲을 좋아하는 나로서는 이만한 도서관이 또 있을까 싶다. 도서관 2층에는 이곳의 트레이드마크인 금빛 샹들리에가 있는데, 샹들리에 아래 긴 좌석에서 혼자 책을 보고 있으면 유럽의 어떤 궁전에서 왕이라도 된 느낌이 들어 금방이라도 누군가 우아한 찻잔에 커피를 내올 것 같다. 이 도서관 외부 정원에는 고양이가 두

마리 살고 있는데, 소설 〈책을 지키려는 고양이〉를 읽은 뒤로는 도서관에 사는 고양이들은 다른 고양이들과는 다른 특별한 고양이가 아닐까 상상해보게 된다.

책을 좋아하는 이들은 크게 서점파와 도서관파 둘로 나뉜다. 예전에는 나도 서점파였다. 그때는 도서관보다 서점에 더 다양한 책이 있었던 것 같고 새 책에서 나는 종이 냄새가 좋았다. 새 책을 구입해서 집에 가지고 오면 아직 안 읽었지만 이미 읽은 것 같고 작가와 금방 가까워진 느낌이 들었었다. 그런데 언젠가부터 도서관파가 되었는데, 주변에 서점이 많이 사라진 것과 도서관들의 상호대차 시스템이 잘 갖추어진 것이 가장 큰 이유인 것 같다. 상호대차란 해당 도서관에 원하는 책이 없을 때 다른 도서관에 신청하면 하루 이틀 내에 책을 가져다주는 시스템인데, 십여 곳의 도서관이 상호대차로 묶여 있으면 여간 희귀한 책이 아니고서는 거의 대여할 수 있다. 도서관의 책은 내 책이 아니라서 소유하거나 줄을 그을 수 없다는 점만 빼면, 거의 무한대의 책을 무료로 편하게 볼 수 있다. 책을 좋아하는 나로서는 국민의 세금으로 운영되는 이런 도서관이 납세의 의무를 충실히 이행할 이유가 되기도 한다.

누구나 자기만의 안식처가 하나쯤은 있을 것이다. 나는 도서관에서 나와 세계를 연결하고 위로와 응원을 얻는다. 혹시 그런 안식처를 아직 찾지 못한 사람이라면 근처 도서관에 방문해보길 추천한다.

독서모임

"오늘도 즐거웠습니다!"

"다들 조심히 들어가세요."

오늘도 강남역에서 독서모임을 마치고 돌아가는 길에 어김없이 카톡 대화가 오고 간다.

내가 필요해서 만든 모임인데 늘 시간과 정성을 들여 나와주고 즐기고 가는 회원들을 보면 고마움과 함께 더 잘 운영해야겠다는 다짐을 하게 된다.

오랫동안 회원으로 참석했던 독서모임이 코로나로 인해 해체되어 일 년 넘게 혼자서만 책을 읽다가 이렇게는 도저히 안 되겠다 싶어 넉 달 전에 내가 직접 독서모임을 만들었다. 만들어진 모임에 참석할 줄만 알았지 모임을 어떻게 만들고 운영하는지 몰라서 일단 인스타그램 팔로워들을 찾아보았다. 책 게시물이 보이거나 글 읽는 사람이라고 생각된 계정에 말을 걸어보았다.

"안녕하세요. 책에 관심이 있으실 것 같아 인사드렸습니다. 혹시 독서모임 관심 있으시면 같이 해보시겠어요?"

나 포함 세명만 되면 일단 시작해 보자라는 생각으로 두 명의 계정에 말을 걸었는데 두 명 모두 흔쾌히 승낙했다. 평소 관심은 있었지만 시작할 계기가 없던 차에 내가 같이 하자고 해주어서 쉽게 동의할 수 있었다고 했다. 빠르게 단체톡을 만들고 책을 하나 고르고 읽은 뒤 그

다음 주에 조용한 카페에서 처음으로 만났다. 처음 보는 회원들이었지만 미리 준비해 간 발제문을 바탕으로 즐겁게 두 시간의 독서토론을 진행했다. 이후 멤버도 꾸준히 늘어나고 독서모임 운영도 점차 안정을 찾았다. 모임 운영도 능숙하게 더 잘하고 싶어져 도서관에서 『독서모임 꾸리는 법』, 『모두의 독서모임』을 읽으며 독서모임을 책으로 공부했다. 역시 도서관에는 없는 게 없다.

처음 독서모임을 나가기 시작한 게 딱 5년 전이다. 그 전에는 책을 읽고 나서 정리되지 않은 감동과 여운을 마음으로 느낄 줄 만 알았지, 어디에 따로 서평을 쓰거나 다른 사람과 감상을 나눌 줄도 몰랐다. 그러던 차에 서울로 이사를 오게 되면서 한 커뮤니티 밴드를 통해 우연히 독서모임에 가입을 하고 본격적으로 시작하게 되었다. 모임에서 만난 사람들은 생각했던 것보다 훨씬 다양했다. 대학생부터 중년까지의 연령대, 다양한 직업과 각자의 가치관과 살아온 이력 등 독서모임이 아니었다면 만나지 못했을 폭넓은 스펙트럼의 사람들을 만나고 그들의 생각과 이야기를 들을 수 있었다. 외로운 독서에서 함께하는 즐거운 독서로 전환된 변환점이었다.

한 번은 누군가 내게 취미를 물어보길래 "독서가 취미이고, 독서모임을 하나 운영하고 있습니다."라고 했더니 "아, 교양활동 제대로 하시는군요."라며 품위유지를 위해 책을 읽는 허세남 정도로 여기는 것을 보고 기가 찼던 기억이 있다. 나는 그저 다른 사람들이 TV로 드라마, 영화, 뉴스를 보듯 활자로 된 전달매체를 천천히 읽는 것뿐이고, 그 이유의 99퍼센트는 '재미'를 위해서다. 영화관에 여럿이 함께 가서 영화를 보고 나와 그 영화에 대해 수다를 떠는 것처럼, 흥미진진한 책을 읽고 한데 모여서 즐거운 감상을 나누는 것이 나의 독서모임이다. 품위유지도, 허세도 아니다.

비록 서른도 더 넘어서 만난 사람들이지만, 독서모임을 통해 만나게 된 지인들과는 어릴 때부터 사귄 친구처럼 더 끈끈하고 밀도 있는 친밀감이 느껴진다. 책 이야기를 한다고 모이는 자리인데 결국 책이라는 거울을 통해 비친 '나'를 이야기하는 자리가 되기 때문에 서로가 서로를 점점 깊이 알아가는 사이가 된다. 게다가 '독서'라는 행위는 안 했으면 안 했지, 제대로 한번 하기 시작하면 평생 멈출 수 없는 행위이기 때문에 독서모임의 회원들과는 앞으로도 평생 지속될 것 같은 우정이 느껴진다.

집에 들어와 샤워를 한 뒤 오늘 진행했던 독서모임을 차분히 복기해보고 다음 발제 책을 단톡방에 공유했다. 곧이어 발제 책 링크 아래 엄지 척 손가락 표시가 두 개 붙었다.

글쓰기

이직한 병원에서 맞는 첫 번째 금요일이었다. 5시 반 칼퇴근을 해도 시간이 빠듯할 것 같아 십분 일찍 나가도 괜찮을지 급신 양해를 구하고 빠른 걸음으로 퇴근길을 재촉했다. 일산에서 신논현까지 지하철을 탈까 버스를 탈까 잠시 고민하다가, 엊그제 무리한 러닝 때문에 무릎이 아파 앉아서 한 번에 갈 수 있는 M버스를 탔다. 버스는 강변북로에 들어서며 걸음보다 느린 속도로 거의 나아가지 못했다. 7시 수업까지는 이제 30분도 안 남았지만 한남대교는커녕 양화대교조차 못 지나고 있었다. 한 시간째 버스에 갇힌 탓에 KF94 마스크만으로도 답답한데, 이어 밑도 끝도 없는 후회의 감정까지 밀려들었다.

'내가 뭐에 홀려도 아주 단단히 홀렸지. 마흔이 다 돼서 무슨 대단한 글을 써보겠다고 강남까지 학원을 등록하고 사서 이 고생을 하고 있나. 하. 수업도 이미 3주차인데, 이제 와서 그만둘 수도 없고 어쩌지.'

금방이라도 두통이 밀려들 것 같은 부정적 생각들을 털어내지 못하고 신논현에 도착해 시계를 확인하니 이미 삼십 분이나 늦었다. 아픈 무릎을 끌며 허겁지겁 수업에 들어갔다. 지각을 했지만 선생님이 밝게 인사하며 맞아주어 교실 문 앞까지 끌고 왔던 무거운 마음들이 금세 흩어졌다. 자리에 앉자마자 바로 그날 수업 내용인 '도입부 잘 쓰는 법'을 배우고 연습했다. 이상하게도 정말 뭐에 홀린 것처럼 꽤나 만족스럽게 글이 술술 써졌는데, 그 덕분에 이 글 머리에 그때 쓴 도입부를 그대로 적어 넣었다.

수업이 끝나고 처음으로 같이 수업 듣는 사람들 몇 명이 호프집에 모여 뒤풀이를 했다. 선생님은 우리들의 관계가 '문우'라고 하시면서 이제 통성명도 하고 친분도 만들어 보라고 하셨는데, 모인 사람들 모두 기다렸다는 듯이 자기소개와 함께 서로에 대한 질문들을 시간 가는 줄 모르고 주고받았다. 아직 무슨 글을 어떻게 쓸지 제대로 정하지 못해 막막해하는 사람, 확실한 주제와 목차를 정해놓고 이미 쓰기 시작해 글쓰기 에너지가 흘러넘치는 사람, 글쓰기보다 자기를 드러낸 '말하기'가 먼저인 사람 등 서로 다르면서도 비슷한 고민들을 가지고 있는 것처럼 보였는데, 그 고민들은 모두 일정 부분 내 글쓰기 고민의 일부이기도 했다.

집에 들어와 잠들기 전, 침대 머리맡에 책갈피가 끼워진 『숨결이 바람 될 때』(폴 칼라니티 저)를 다시 펼쳤다. 이 책은 서른여섯 나이에 폐암 말기를 진단받은 젊은 신경외과 의사가 자신의 임종까지 시간들을 써낸 에세이인데, 들춰 읽을 때마다 투명한 거울을 들여다보는 것처럼 의사로서 내 삶의 의미와 그 기록에 대해 깊이 생각하게 된다. '나는 생의 마지막에 나에 대해서 어떤 것을 남길 수 있을까', '나는 진정으로 무엇을 쓰고 싶어 글쓰기 수업을 듣고 있는가', '이런 고민을 하고 있는 건 정말로 내 이름에 새겨진 할아버지의 주문 때문일까' 오늘도 그런 생각들 속에 뒤척이다 잠이 들었다.

사춘기보다 지독한 삽십춘기

김세미

김세미

웹툰을 그리고 디자인 소스를 만드는 프리랜서. 경상도에서 나고 자랐지만 각종 공연, 전시 등 문화생활을 원 없이 누리고 싶다는 생각 하나로 서울 인근에 둥지를 틀었다. 사람들과 어울리는 걸 좋아하고 영향을 많이 받는 편이다. 즐거운 일이 있으면 잊고 싶지 않아서, 스트레스를 받을 땐 순간의 감정에 휘둘리지 않기 위해 글을 쓴다. 글, 그림, 노래, 좋아하는 모든 것들을 기록하는 게 습관이라 블로그에는 비공개 글 포함 3500개가 넘는 포스팅이 존재한다.

이메일 : love1234ming@naver.com

감자에 싹이 난 이유

감자에 싹이 났다.

베란다에 방치한 감자들을 처리하려고 마트에 들러 감자샐러드 재료들을 사 왔는데 그 많은 감자가 몽땅 독감자가 되어버릴 줄이야. 김이 샜다. 서늘하고 통풍이 잘 되는 곳에 두어야 한다고 생각해서 박스를 활짝 열어 베란다에 뒀는데 그게 화근이었다. 빛을 가리지 못했던 것이다.

신문지 한 장 올리는 정성만 발휘했어도 이런 일은 없었을 텐데. 올바른 보관 방법을 한 번만 검색했어도 독을 키우지는 않았을 텐데. 잠시 스스로를 탓하다 이 사달을 낸 햇빛을 노려봤다. 번쩍 내리 꽂히는 빛에 두 눈을 꼭 감았다. 새까만 무의식 속에서 빛의 잔상이 하나 둘 떠오르기 시작했다.

"너는 사춘기도 없이 무던하게 자랐어." 엄마에게 종종 들었던 말이다. 중학생 시절, 사춘기였던 친구들은 서로 닮기 위해 부단히 애를 썼다. 유행하는 옷, 헤어스타일, 좋아하는 연예인, 자주 쓰는 말투 등 서로의 취향이 닮을수록 소속감과 안정감을 느꼈다.

그때의 나는 딱히 그런 걸 신경 쓰지 않았다. 연예인이나 유행, 나를 꾸미는 것에도 크게 관심이 없었다. 학교에 가면 사소하게 지나칠 법한 교칙도 어기지 않기 위해 신경을 썼고 어른들이 하지 말라는 일에는 군말 없이 따르곤 했다.

티 나지 않게 교복 치마 길이를 줄이거나 아이돌 덕질을 하는 것보다는 올바른 학생의 표본이 되어 교단에 올라섰던 일이 나에게는 행복하고 성취감 있는 일이었다.

그래서일까, 어른들이 말하는 성공과 행복의 기준 앞에서 한없이 약해졌다.

어떤 사람이 되겠다는 꿈보다는 돈을 잘 벌고 사람들에게 좋은 평과 존경받을 수 있는 직업을 갖는 게 성공이었고, 비슷하게 성공한 사람을 만나 제때 결혼하고 아이를 낳아 화목한 가정을 이루는 게 행복의 기준이었다. 그래서 언제나 1등은 아니었지만 열심히 공부를 했고, 내가 하고 싶은 일을 선택한 뒤에는 잠자는 시간까지 깎아가며 일을 했다. 서른 살엔 일에 미쳤다는 소리를 들을 정도로 일, 식사, 수면 외의 활동은 하지 않았다. 기계처럼 반복된 일상 탓에 인생의 새로운 챕터이자 전환점이 될 수 있는 서른의 추억과 기억이 나에겐 없다.

서른, 서른하나, 서른둘… 맹목적으로 일에 매진하다 보니 20대에 비해 통장 잔고가 늘었고 생활의 질이 올라갔지만 시간적 여유와 만날 수 있는 사람의 수는 점점 줄어갔다.

아이러니하게 내 앞으로 오는 청첩장은 늘었지만.

20대까지 비혼 또는 딩크족을 외치던 친구들의 sns 프로필 사진이 웨딩사진과 아이들 사진으로 바뀌어갔다. 처음엔 그저 신기했다.

하지만 같은 시기에 친구 아들, 딸 결혼식에 다녀온 부모님의 이야기를 들으며 점점 조바심을 느꼈다. 대놓고 결혼을 강요하진 않았지만 자식의 혼인 여부를 묻는 사람들 앞에서 내 나이를 줄여 말하는 엄마를, 아장아장 걷는 남의 아이를 보며 예뻐하는 아빠를 보며 자식의 도리를 다 하지 못한 것 같은 죄책감을 느꼈다. 흔히 결혼 적령기라 부르는 시기를 지나며 불어난 조급함은 독화살이 되어 내 마음에 꽂혔다. 전처럼 혼자만의 노력만으로는 이룰 수 없는 행복 미션에 거침없이 움직이던 두 다리가 얼어붙었다.

같은 교복을 입고 같은 공간을 공유하던 친구들이 30대라는 갈림길 앞에서 결혼이라는 단체 티셔츠를 맞춰 입고 큰 길을 향해 걷는다. 몇몇 소수의 사람들이 반대쪽의 작은 길을 선택하긴 했지만, 굳이 그들과 비슷함을 추구하지 않아도 같은 소속일 수밖에 없던 학생 때와는 다르게 이번에는 다수가 택한 길로 시선이 쏠렸다. 어느 길도 선택하지 못하고 멈춰 선 내 몸에는 불안과 우울의 싹이 돋아났다.

사춘기보다 지독한 삼십춘기의 시작이었다.

독이 든 싹에 물을 주면

불안이 싹튼들 생계활동은 멈출 수 없었다. 오히려 밤낮없이 바쁘게 지내다 보니 걱정을 잊을 수 있어 편했다. 또한 그림을 그리는 프리랜서가 바쁘다는 건 내 가치를 인정받는 일이기도 했기 때문에 바쁜 일상이 마냥 싫지만은 않았다.

그러던 어느 날 몇 년간 지속해오던 일이 끝났다. 지금까지는 일이 끝나면 잠시 쉬고 다음 계약을 이어나가는 식이었는데, 이번엔 다음에 대한 기약 없이 완벽한 끝을 맞이했다. 마침 2021년이 얼마 남지 않은 시점이라 조금만 쉬었다 다시 시작하자는 마음으로 휴식을 만끽했다.

오랜 시간 떨어져 있었던 가족의 품으로 돌아가 많은 대화를 나눴고 함께 여행을 가서 추억을 쌓았다. 미뤘던 잠을 실컷 잤고, 병원을 다니며 미처 돌아보지 못한 내 몸을 돌보기도 했다. 바쁘다는 핑계로 만나지 못했던 친구들과 지인들을 만났다.

“목표를 향해 뛰어가는 것만 생각했지 주변 사람 소중한 것도 모르고 소홀했어. 앞으로는 여유도 생겼겠다 가족하고 친구들이랑 시간 좀 보내려고.”

반성과 진심이 담긴 한마디였다. 그리고 우습게도 이 말은 개미지옥 같은 소개팅의 신호탄이 되었다.

"쉰다고? 그럼 여유될 때 나 아는 사람 소개받아볼래?"

"이번 기회에 엄마 앞으로 들어온 소개 다 나가 봐. 네가 결혼 생각 없는 것도 아니고, 집에서 일만 하느라 사람 만날 기회조차 없었잖아."

처음에는 아는 사람을 통해 누군가를 소개받는다는 사실이 부담스러웠다. 하지만 한정적인 동선 안에서 반복되는 나의 세상을 넓힐 기회라는 생각이 들었다. 그리고 행복의 기준을 달성하기 위한 노력이라고 판단했다. 결국 부모님과 주변 사람들에게 앞으로 들어오는 소개는 조건을 따지지 않고 모두 나가겠다는 선언을 했다.

공무원, 사무직, 전문직, 현장직, 서비스직, 사업을 하거나 준비하는 사람.

자신감이 충만하거나, 자존감이 낮거나, 과묵하거나 활기가 넘치는 등 다양한 성향의 사람들을 만날 수 있었다. 저마다의 목표와 가치관을 들을 수 있어 신선했다.

그리고 그만큼 당황스러운 경험도 하게 됐다.

"제가 친척 어른들이랑 친한 편이라 소개받은 일도 전부 알고 계시거든요. 그런데 괜찮은 사람을 만난 거 같다고 하니까 상당히 궁금해하셔서..."

"저를요?"

첫날 간단히 차 한 잔을 하고 두 번째 만난 날, 식사를 하고 커피를 마시면서 집안 어른들이 나를 궁금해한다는 이야기를 들었다. 우리가 대화를 나눈 시간이 총 얼마나 될까. 간간이 나누던 메신저 대화까지 다 합쳐도 다섯 시간 남짓일 텐데. 나에 대한 상대의 생각만 알면 충분할 시점에서 상대 부모님과 집안 어른들의 마음까지 전해 듣는 것이 맞나 혼란스러웠다. 부모님을 통해 소개받는 경우에 이런 일들이 벌어지곤 했는데, 언젠가는 만나보기도 전에 생년월일과 태어난 시간을 요구받은 적이 있었다. 먼저 궁합을 봐야 한다는 것이었다. 조선시대 혼례 과정 중 남녀가 만나기 전에 사주를 맞춰보고 혼례 택일을 한다는 글을 본 적이 있다. 같은 경우는 아니지만 사람을 알기 전 사주로 운명을 판가름 지어야 한다니 조금 얼떨떨했다. 결국 만남은 이뤄지지 않았다.

결혼 이전에 연애라는 과정이 있고, 연애 이전에 사람을 만나 알아가는 단계가 필요해서 시작한 일이지만 어른들의 개입이 있거나 성급하게 결혼으로 이어지는 대화는 부담스러웠다.

이후 다른 사람을 소개받았다.

"이 아파트 요새 인기 많던데, 매매가 많이 올랐겠죠?"

주변 사람들이 모두 인정할 만큼 안정적이고 존경받는 직업을 가진 사람이었다. 하지만 직업에 대한 만족도가 낮다고 했다. 나 역시 스스로 선택한 일이라도 여유가 없고 힘이 들 때는 과거에 가졌던 간절한 마음을 잊고 놓고 싶다는 생각을 한 적도 있었다. 그래서 나의 경험에 빗대어 당신이 하고 있는 일이 얼마나 가치 있고 자랑스러운 일인지 위로 아닌 위로를 건넸다. 틀에 박힌 위로였을까 봐 마음을 졸이고 있었는데 의외의 대답이 돌아왔다. 부동산 갭투자, 주식이 대박 나서 퇴직을 한 직장동료가 부럽다고. 그렇게 되고 싶다고. 그날의 만남이 끝날 때까지 투자와 성공에 대한 이야기를 들었다.

감정이 우선이었던 20대의 만남과는 달리 30대의 만남은 현실에 초점이 맞춰져 있었다. 서로의 취향, 취미에 대한 이야기로 출발해 결혼, 직업, 재산, 집안 환경, 부모님 노후에 대한 직간접적인 이야기로 도착하는 패턴이 심심치 않게 등장했다. 현실을 어느 정도 깨우치고 다년간의 사회생활을 통해 온갖 경험치와 피로가 누적된 남녀의 만남은 전처럼 간단하게 이뤄질 일이 아니었다. 인간관계에서도 효율을 찾기 시작한 사람들은 다소 냉철해 보일지 몰라도 현실적인 조건을 따져가며 신중하게 사람을 판단할 수밖에 없었다.

물론 순수하게 서로에 대해서만 이야기한 만남도 있었다. 맛있는 걸 먹고 좋아하는 것들을 이야기하다 보니 대화도 무난히 이어졌다. 하지만 그 끝은 언제나 '죄송합니다. 좋은 인연 만나시기를 바랍니다.'였다. 누군가가 더 잘나고 더 못나서가 아니다. 순전히 내 마음의 문제였다.

당시 나는 기존에 해오던 일의 준비와 함께 새로운 일들을 시도하고 있었다. 각종 공모전, 투고, 대회에 참여했지만 연달아 실패를 했다. 새롭게 만나는 사람들 앞에서 작업물들을 보여주며 이런 일을 했었고 지금은 쉬면서 다음 일을 준비하고 있다고 말했다. 그 말을 뱉을 때마다 나는 초조해졌다. 일정 기간 쉬면서 여유를 가지기도 했지만, 한숨 돌리고 난 뒤부터는 '이제 그만 쉬고 다시 바쁘게 일을 해야 하지 않을까.'하는 생각이 끊임없이 스쳤다. 과거의 영광에 기대어 안주하고 있는 사람이 된 것 같았다. 일에 치일 때는 가정을 꾸리는 무리를 보며 저들 속에 들어가고 싶다고 해놓고선, 막상 그러기 위해 사람들을 만나기 시작하니 멈추지 않고 자신의 커리어를 쌓아가는 사람들이 눈에 띄기 시작했다. 나도 그들처럼 달리고 싶었다.

그 와중에 부모님의 지인을 통해 또 다른 사람을 소개받았다. 주선자가 궁금해한다며 이번에 만난 사람은 어떠냐는 부모님의 질문에 어디 하나 부족한 것 없이 좋은 분이라고 대답했다. 하지만 다음 만남은 거절하겠다고 했다. 대답을 들은 엄마는 덥석 내 손을 붙잡았다.

"엄마를 봐서라도 한 번만 더 만나봐. 그만한 조건의 사람이 어딨다고 그래."

엄마가 이렇게까지 이야기를 하는 이유가 있었다. 주선자도 조카가 애인이 없었다면 붙여줬을 거라고 할 정도로 주변에 딸 가진 어머니들이 탐내던 사윗감이기 때문이었다. 엄마 역시 평소엔 가볍게 만나보고 아니다 싶으면 거절하라고 했었는데, 이번만큼은 너무 아까운 사람이라며 조금만 더 노력해 줄 수 없냐는 간곡한 부탁을 했다. 결국 한 번 더 나간 자리에서 상대방은 자신을 어떻게 생각하냐고 물었고 나는 어떤 대답도 하지 못했다.

친구들은 아직 진짜 인연이 나타나지 않은 거라고 했고, 어른들은 내가 결혼에 대한 현실을 잘 모르고 눈이 높은 거 같다고 했다.

"남자 볼 때 능력 하나만 보면 돼. 결혼해 봐! 돈 없으면 사랑도 창문으로 도망간다는 말 못 들어봤어?"

자본주의 사회에서 돈은 중요하긴 하지만 상대의 능력이 아닌 스스로의 능력을 갈구하는 내 입장에서는 반발심이 생기는 얘기일 뿐이었다. 혼인 여부와 나이에 상관없이 돈이라는 존재에 평생의 희로애락을 쥐락펴락 당할 걸 생각하니 어쩐지 서글펐다.

일도 만남도 잘 풀리지 않던 어느 날, 엄마와 버스를 타기 위해 정류장에 서있었다. 엄마 또래의 아주머니 두 분이 의자에 앉아 있었고, 한 아주머니의 탄식으로 대화의 장이 열리기 시작했다.

"아이고~ 여자는 죽어야 쉴 수 있지~ 자식들 뒷바라지해, 남편 삼시 세끼 챙겨, 돈 벌러 댕겨~"

"자식들이 아직 결혼을 안 했는갑네?"

"딸내미가 나이 마흔 될 때까지 안 하고 있어서 포기할라 캤는데, 마흔둘 되니까 남자를 데려오더만 결혼하고 동생도 지 언니 따라서 올해 간다고 하데요."

"아유~잘 됐네요! 우리 딸도 서른이 넘었는데 아직 결혼을 안 했어요."

자식의 결혼에 대한 이야기가 나오자 듣고만 있던 엄마도 한마디

거들었다. 이야기의 주인공은 순식간에 나로 바뀌었고, 일면식 없는 아주머니들에게 나중에 태어날 아이를 생각해서라도 결혼은 일찍 해야 한다는 소리를 몇 번이나 반복해서 들었다. 위, 아래, 옆으로 압력을 받다 보니 나도 모르게 용수철 같은 한마디가 튀어나왔다.

"죽어야 쉴 수 있는 결혼을 꼭 해야 할까요?"

"그래도 결혼은 해야지!"

아주머니들의 파이팅 넘치는 이구동성에 별다른 말도 못 하고 두 눈만 깜빡였다.

"엄마는 결혼하고 행복해?"

"행복? 우리야 당연히 하는 줄 알았던 거라. 결혼하고 행복하거나 헤어진다는 개념도 없이 그냥 살아왔지."

엄마의 입장에서 결혼은 일정 나이가 되면 당연히 하는 것이었고, 그렇게 사는 것이 가장 안전한 방법이었다. 본인이 가보지 않은 길을 당당히 조언을 하거나 권유할 수 있는 사람이 몇이나 될까. 반대로 이미 가본 길에 대해 이야기할 때는 힘이 실리기 마련이다. 엄마의 걱정도, 아주머니들의 수다도 그런 맥락으로 받아들이기로 했다. 결혼 적령기가 되면서 결혼에 대한 압박을 받게 되어 그렇지 사실 사이좋은 부모님을 보며 자연스레 결혼에 대한 긍정적인 생각을 가지고 자랐다. 나도 당연히 부모님이 결혼한 나이에 똑같이 결혼을 하고 아이를 낳아 평범하게 살아갈 거라 생각했다. 평범한 삶이 얼마나 어렵고 많은 조건을 충족해야 하는지도 모르고.

쉬기 시작한 이후 쭉 본가에서 생활을 했다. 여전히 마음은 복잡했지만 엄마의 집 밥은 맛있었고 전반적인 생활이 편안했다. 홀로 생활하던 경기도 집은 몇 달째 먼지만 쌓여가고 있었다. 디자인 소스를 만들면서 유튜브로 유명한 심리학 교수의 강의, 고된 인생을 통해 지혜로운 삶의 자세를 통달한 여러 강사들의 이야기를 들으며 하루하루를 보냈다. 어떻게든 안정을 찾고 내 일에 집중하고 싶었지만 어찌 된 일인지 마음이 진정되지 않았다.

그러다 새로운 사람을 소개받았다. 약속 장소가 서울이었지만 이 기회에 비워둔 집에도 가볼 겸 마다하지 않고 올라가겠다고 했다. 약속 당일, 주선자와 상대방의 관계가 그리 가깝지 않았던 탓인지 직업, 나이, 학력, 외적인 부분 등 건네받은 정보와 모조리 다른 사람이 나왔다. 당황스러웠지만 어차피 모르는 사람을 만나는 자리니까, 지금부터 알아가면 된다고 스스로 별일 아니라며 다독였다. 늘 그래왔듯 나를 소개하고 웃으며 대화도 잘 나누고 헤어졌다. 처음 본가에 내려갈 때처럼 쌀쌀해진 밤공기에 몸이 미세하게 떨렸다. 집으로 돌아가기 위해 전철역으로 향했다. 북적이는 사람들을 비집고 줄을 섰는데 꾸역꾸역 눈물이 올라왔다.

"나 이제 그만할래."

부모님과 친구들에게 더 이상 소개를 받지 않겠다고 했다.

이 방법은 나와 맞지 않는 것 같다고. 무엇보다 내가 너무 힘들다고. 떨리는 딸의 목소리에 덩달아 마음이 철렁 내려앉은 엄마는 전처럼 다시 생각해 보라던가 다른 사람을 또 만나보라는 부탁 대신 지금까지 결혼을 닦달했던 이유를 설명했다.

"사실 결혼 그거 해도 그만, 안 해도 그만인데. 나도 말 안 해야지 하다가 다른 사람들 결혼하는 거 보면 또 너한테 얘기하게 되고, 잘 살다가도 갑자기 헤어지는 사람들 보면 또 결혼만 한다고 행복한 게 아니라는 생각이 들고... 왔다 갔다 해. 그냥, 네가 아직 때가 아닌가 보다. 급하게 생각하지 말자."

엄마와의 통화를 끝낸 뒤 멍하게 전철을 타고 집으로 갔다. 아직 먼지가 덜 닦인 바닥, 풀어헤친 캐리어, 집을 비운 사이 도착한 택배들 때문에 여기가 집인지 내 마음 속인지 헷갈렸다.

"내가 지금 뭘 하고 있는 거지?"

이대로는 안될 것 같다는 생각이 들었다.

싹이 난 감자를 먹는 방법

오랜만에 친구를 만났다. 공원을 빙빙 돌며 지금까지의 이야기를 풀어냈다. 지난 일이다 보니 웃음을 섞어가며 말했는데 결국 마지막에 목소리가 흔들렸다.

"지금 내가 뭘 원하는지, 어떤 상태인지 모르겠어. 요즘 상담 프로그램에서 심리 전공 박사님이 사람들의 말을 듣고 어떤 심리인지 하나하나 얘기해 주잖아. 나도 누가 내 기분이나 생각을 분석해 줬으면 좋겠어."

"너무 주변 사람들 말에 흔들리는 거 아니야? 일단 혼자 지내면서 생각을 정리해 봐."

하지만 꼬일 대로 꼬여버린 생각의 실타래를 어디부터 잡고 풀어야 할지 몰랐다. 그래서 우선 내 주변부터 정리하기로 했다. 집에 도착하자마자 구석구석 먼지들을 닦아 내고 어수선한 짐들을 모두 정리했다. 몇 달간 방치된 옷장 속 옷들을 전부 끄집어내 세탁하고 널고, 또 세탁하고 널었다. 싱크대를 닦고, 화장실을 청소하고, 오랫동안 쓰지 않은 물건들은 미련 없이 버렸다. 줄곧 뜻대로 되는 일이 없었는데 청소만큼은 내 의지대로 변화를 보였다.

뿌듯한 마음으로 방을 빙 둘러보다가 책장에서 시선이 멈췄다. 깔끔히 각진 책등의 행렬 끝에 너덜너덜한 분홍 일기장이 툭 튀어나와 있었다. 손으로 꾹 눌러 줄을 맞추려다 이내 일기장을 끄집어내 펼쳤다. 초등학교 3학년 때 썼던 일기장이었다. 누렇게 바랜 종이엔 한 획 한 획 꾹꾹 눌러쓴 글자들이 가득했다. 일기가 곧 숙제였던 시절이라 의지가 아닌 의무로 썼을 텐데, 뭐가 그렇게 할 말이 많았는지 한 페이지에 할당된 줄을 넘어서면서까지 종알종알 하루를 떠들어 댄 어린 시절의 내가 우습기도 하고 기특하기도 했다.

펼친 일기장에는 시골 할머니를 따라 소여물 먹이러 가는 날이 기록되어 있었다. 외양간을 경상도 사투리 그대로 소마구라고 쓴 걸 선생님이 빨간펜으로 그어 표준어로 수정을 했는데, 그런 단어가 한두 개가 아니라서 피식 웃음이 새어 나왔다. 몇 장을 넘겨보니 할아버지가 돌아가신 날에 대한 기록이 있었다. 처음 보는 입관식에 대한 묘사와 통곡하는 어른들을 피해 홀로 방 안에서 숨죽여 울었던 이야기를 읽다 보니 그날의 슬픔이 떠올라 마음이 먹먹했다. 잊고 지냈던 일들을 떠올리며 다시 한 페이지를 넘겼는데 '다른 사람을 부러워하지 말고 자신만의 장점을 찾아보세요.'라는 선생님의 메모가 적혀 있었다. 초등학생 시절의 나는 친구들이 내 그림을 보고 몰려오는 걸 좋아했다. 새 학기에 굳이 다른 이야기를 하지 않아도 그림을 통해 말을 틀 수 있었고 칭찬받는 것도 기분이 좋았기 때문이다. 그런데 3학년 때 나보다 잘 그리는 친구와 같은 반이 되었다. 그 아이에게 몰려가는 친구들을 보며, 월등히 실력 차이가 나는 그림을 보며 부러워했다. 충분히 부러워할 수 있는 상황이었다. 하지만 일기에는 더 잘 그리도록 노력해야지가 아닌 그 친구가 되고 싶은 나를 고백하고 있었다. 그날의 일기와 선생님의 메모를 곱씹으며 많은 생각이 스쳤다. 어른이 되고 무언가를 이뤄 나가는 과정에서 지금과 같은 혼란을 겪게 된 줄 알았는데, 10살 그 어린 나이부터 내가 가진 것에 만족하지 못하고 타인을 부러워했다니.

부끄럽고 미안했다. 미숙한 감정에서 해방되어 흔들림 없는 멋진 어른이 될 거라 믿었던 어린 시절의 나에게. 삼십 대가 되어도 여전히 타인과 외부 상황에 휘둘려 일희일비하고 있다는 걸 알게 되면 10살의 나는 어떤 표정을 지을까?

남의 일을 바라볼 때는 한 발짝 뒤로 물러나 보기에 그들이 가진 고민이 단순해 보였고 해법도 어렵지 않게 내놓을 수 있었다. 하지만 나의 일은 눈앞에 들러붙은 것이라 단면만 보일 뿐 전체적인 형태를 보지 못했다. 그래서 고작 손톱만 한 불안과 우울의 싹에도 과몰입하고 괴로워했다. 하지만 일기를 통해 바라본 나는 제삼자처럼 느껴졌다. 어쩌면 이 방법으로 답을 찾을 수 있겠다는 생각이 들어 10대와 20대 때 썼던 일기를 찾아 읽었다. 즐거웠던 순간, 힘들었던 순간, 단편적인 나의 일상을 들여다보면서 행복에 대해 생각해 봤다. 워낙 추상적이고 사람마다, 상황마다 다르게 느끼다 보니 보편적인 정의를 내리기 힘들었다. 확실한 건 영원한 행복은 없다는 것이다. 내가 행복을 느낄 때는 주로 만족, 사랑, 성취감, 평온함을 느끼는 상황이었는데 정점을 찍고 나면 금세 휘발되곤 했다.

10대 때는 대학에만 가면 더 이상 나를 옥죄는 일은 없을 거라 믿었고, 20대 때는 좋아하는 사람과 연애를 하고 원하는 일만 하게 되면 평생 행복하게 살 줄 알았다. 간절했던 만큼 달성한 순간에는 희열을 느끼고 행복을 외쳤지만 그 뒤엔 새로운 고민이 필연적으로 따라붙었다. 어리석게도 나는 불안을 잘 다루지 못했고 또다시 늪으로 빠져 허우적거리기 일쑤였다.

일기를 덮었다. 여전히 뿌연 안갯속을 걷고 있었지만 10대, 20대 시절의 나와 삼자대면을 마치고 나니 내가 무엇을 해야 할지 조금씩 가닥이 잡히기 시작했다.

아침에 일어나 통유리창을 덮은 블라인드를 걷고 핸드폰을 집어 들었다. 그리고 엄마에게 전화를 걸어 본가에 돌아가지 않겠다고 얘기했다. 소개팅이 끝나면 본가로 돌아올 줄 알았던 딸이 다시 타지 생활을 시작한다는 말에 엄마는 서운함을 감추지 못했다. 하지만 이미 난 독립한 사람이지 않나. 애초에 잠시 쉬러 가겠다고 해놓고서 너무 오래 머물렀다. 가족들이 있어 외롭지 않고 편안했지만 그만큼 나태해지고 주변 사람들의 온갖 이야기에 흔들렸다. 삼시 세끼 잘 챙겨 먹은 덕에 몸은 무거워졌지만 속은 한없이 가벼워져 팔랑거리고 있었다. 중심을 잡기 위해 몸은 가볍게, 내면은 단단하게 채워야 했다. 그래서 예전에 잠시 다니고 말았던 필라테스를 등록했다. 오랜만에 기구 위에서 근력 운동을 했다. 수개월 전 배웠던 기억이 남아있어 호흡법은 따라갈 수 있었지만 둔해진 몸으로 선생님과 같은 동작을 구현하는 건 힘들었다. 함께 수업을 듣는 사람들 중 가장 나이가 어렸지만 신체 능력은 제일 뒤떨어졌다. 얼굴이 벌겋게 달아오르고 땀이 뚝뚝 떨어졌다. 한 동작을 따라 하고 유지하는 것만으로도 벅찼다. 그러다 보니 당연히 아무 생각도 할 수 없었다. 늘 생각에 생각이 꼬리를 물어 머릿속이 시끄러웠는데, 덕분에 몸을 움직이는 동안은 정신이 맑아졌다. 3년 차 프로들과 함께 수업을 듣고 나오던 길, 4족 보행을 하고 싶다는 생각이 들 정도로 팔다리가 후들거렸다. 처음 필라테스를 배울 때 갓 태어난 기린이 된 거 같다는 감상을 남겼는데, 데자뷔처럼 다시 그날로 돌아간 기분이었다.

필라테스와 함께 신설된 플라잉 요가 수업도 격주로 참여했다. 공중에 매달린 긴 천 하나에 몸을 메어 포즈를 취하고 버텨야 하는데 흔들리는 천 위에서 중심을 잡는 일은 생각보다 어려웠다. 바닥으로 떨어질까 봐 천을 움켜쥔 손아귀에 바짝 힘이 들어갔다. 팔과 다리의 움직임으로 만든 천의 고리들이 겨드랑이와 허벅지를 조여왔다. 앓는 소리가 저절로 터져 나올 정도로 살이 쓸리고 상당한 압박감이 느껴졌다. 처음에는 천에서 미끄러지고 다리에 힘이 풀려 진도를 따라가지 못했다. 그리고 며칠 후, 몇 번 해봤다고 안되던 동작들이 되기 시작했다. 하지만 살을 죄는 통증은 그대로라 동작을 완성하고도 두 눈을 질끈 감고 있었다. 그때 거울을 쳐다보라는 선생님의 목소리가 들렸다. 눈을 뜨고 바라본 거울 속엔 요정의 형상을 한 내가 있었다. 흐늘거리던 천은 내 몸과 엮여 단단한 기둥이 되었고 아래로 늘어진 나머지 천은 날개가 되어 우아한 선을 뽐내고 있었다. 고통은 이내 익숙해지고 불안은 서서히 사라져 갔다. 무릎 뒤, 허벅지, 겨드랑이에 검붉은 피멍이 들고 손끝이 파들거렸지만 고통을 넘어서는 성취감이 느껴졌다. 그리운 감각과 재회한 희열에 나도 모르게 입꼬리가 올라갔다.

"플라잉 요가가 무섭고 힘들기는 하지만 생존에 필요한 힘을 기를 수 있어요."

선생님의 한 마디에 계속 운동을 해야겠다는 의지가 솟았다.

운동을 통해 성취감을 얻었지만 새로운 일의 계약을 따내는 도전은 여전히 겁이 나고 불안했다. 부정적인 감정을 다스리기 위한 다음 단계를 어떻게 이어나가야 할지 고민이 되었다. 그러던 중 우연히 주말 예능 '나 혼자 산다'를 보게 되었다. 한 가수가 번아웃에 대한 고민을 이야기하고 있었다. 이를 차분히 들어주던 정신과 의사인 친구가 '기분은 날씨와도 같아서 예측하거나 개입할 수 없지만, 행동은 나의 선택이다.'라는 대답을 건넸다. 순간 불안을 다스린다는 나의 전제부터 잘못되었다는 걸 깨달았다. 운동을 통해 성취감을 얻게 된 최근의 경험이 있었음에도 감정보다 행동이 우선이라는 사실을 인지하지 못하고 거꾸로 생각하고 있었던 것이다. 나는 태블릿 PC를 꺼내 좋아하는 것들을 쭉 써 내려가기 시작했다.

그림 그리기, 글쓰기, 영화, 뮤지컬, 연극, 전시회, 만화책, 고궁 산책, 여행, 요리, 음악 들으면서 사색하기, 유튜브로 동기부여 강의 듣기. 당장 이루고 싶은 목표보다 좋아하는 것들을 하면서 순간의 행복에 여러 번 발을 담가보기로 했다. 어떤 변화가 일어날지 예측할 수 없었지만, 즐거울 거란 확신이 나를 바로 움직이게 만들었다.

금방이라도 비가 내릴 것처럼 먹구름이 가득 낀 날이었지만 3시간 뒤에 상영하는 '인생은 아름다워'라는 영화를 예매하고 우산을 챙겨 나섰다. 전철을 타고 가면 빨리 도착할 수 있지만 여유가 있어 버스를 타고 가기로 했다. 버스 맨 뒷자리에 앉아 에어팟을 꽂고 좋아하는 노래를 들었다. 입시를 준비하던 때도, 고단한 서울살이를 시작했을 때도 내게는 이어폰을 꽂고 버스 맨 뒷자리에 앉아 이동하는 게 힐링이었다. 시간이 흘러도 여전했다. 창문으로 지나가는 다채로운 풍경을 배경 삼아, 버스에 타고 내리는 사람들을 주연 삼아 장편의 뮤직비디오를 만들다 보니 어느새 영화관에 도착했다. 홀로 영화를 보러 온 건 1년 만이었다. 영화관에 입장하면서 갓 튀긴 캐러멜 팝콘과 콜라 한 잔을 샀다. 입안으로 밀려들어오는 달콤함과 고막을 울리는 웅장한 사운드, 한눈에 담기도 힘든 대형 스크린에 심장이 콩닥콩닥 뛰었다. 영화는 시한부 판정을 받은 아내가 남편에게 자신의 첫사랑을 찾아달라는 황당한 요구를 하는 내용이었다. 남편은 마지못해 아내와 함께 첫사랑을 찾으러 간다. 그리고 한정된 시간 속에서 아내의 버킷리스트를 하나씩 이뤄 나간다. 내용 자체가 슬프기도 했지만 가족이라는 소재가 나에겐 눈물 버튼이라 영화를 보는 내내 웃다가 울다가를 반복했다. 누구의 눈치도 보지 않고 실컷 눈물을 흘리고 나오니 한차례 비가 내리고 그친 뒤였다. 물에 젖은 낙엽 냄새가 시린 공기를 타고 밀려왔다. 괜스레 감상적인 밤, 유한한 인생을 살면서 시도하지 못해 후회하는 일은 없도록 하자는 다짐을 하며 집으로 돌아왔다.

이후에도 주말, 평일 상관없이 보고 싶은 전시가 있으면 바로 예매를 했다. SNS를 통해 자주 접했던 일러스트 작가의 개인전, 디즈니 아트 컬렉션, 백화점 내부 무료 갤러리 등 가리지 않고 작품들이 보이면 달려들었다. 특히 국립 중앙 박물관에서 진행된 '합스부르크 600년, 매혹의 걸작들'은 미리 오디오 도슨트를 구매해 들을 정도로 기대하고 있던 전시였다. 600여 년간 유럽을 지배한 합스부르크가가 소장했던 예술품들을 빈 미술사 박물관까지 가지 않더라도 만날 수 있는 기회였다. 입장하기 위해 한 시간 반 줄을 섰지만 그리 지루하지 않았다. 수많은 인파를 뚫고 전시장에 들어선 이후에는 금방이라도 살아 움직일 것만 같은 초상화, 금으로 만든 바구니, 세숫대야, 찻잔 등 왕족의 삶과 시대상을 반영한 예술품들의 향연에 눈을 뗄 수가 없었다. 화려한 미술품, 사치품들이 무색할 정도로 허무한 몰락을 맞이했던 비운의 가문 이야기는 여느 소설보다 극적이고 흥미로웠다. 부, 권력, 명예, 사랑 모든 걸 가졌지만, 무엇 하나 빼앗기지 않기 위해 처절하게 몸부림치는 그들의 속사정을 알고 나니 형체 없는 성공과 행복을 위해 허우적거렸던 나와 똑같은 사람이라는 생각이 들었다.

전시를 보고 나면 바로 카페에 가거나 집으로 돌아가 작품에 대한 감상을 기록했다. 작품을 바라보는 안목이 있는 건 아니지만 작품 자체에서 뿜어져 나오는 분위기와 숨겨진 이야기들을 좋아했다. 작품들은 곧 다양한 자극이 되어 꺼졌던 창작 욕구의 불씨를 되살렸다. 다른 사람들의 작품을 설명하고 소개하다 보니 내 작품을 만들고 싶다는 생각이 들었다.

드로잉 프로그램을 켜고 생각나는 대로 그림을 그리며 손을 풀었다. 즐거운 음악을 들으며 그림을 그리고 싶어서 유튜브 창을 띄웠다. 홈 화면에는 '남들의 타이밍에 맞춘 삶이 지긋지긋한 당신에게'라는 제목의 영상이 떠있었다. 무서운 알고리즘. AI의 맞춤 영상에 길들여지고 싶지 않다는 심술이 났지만 취향을 이길 수는 없었다. 나는 노래 감상 대신 유명한 유튜브 강사의 인생 강연을 들으며 그림을 그리기 시작했다.

강연에서는 제수용 과일을 키우는 과정에 대해 이야기했다. 설, 추석에 선물용으로 오가는 과일들은 크기가 크고 모양이 예뻐야 한다. 하지만 과일이 자라는 속도가 명절 시기와 맞지 않아 농부들은 봄에 꽃이 필 때 성장 촉진제를 바른다고 한다. 하지만 맛은 제때 자란 과일에 비해 떨어져 모양만 번듯하다고 한다. 과일처럼 사람도 저마다의 때가 있어 보편적 기준에 맞춰 억지로 시기를 당기면 일이 틀어지거나 겉모습만 그럴싸한 사람이 된다고 한다. 사회에서 외치는 결혼 적령기를 맞추기 위해, 나이대에 맞는 커리어를 쌓기 위해 전전긍긍했지만 삶의 맛이 떨어질 뿐이었던 내 얘기 같았다.

나의 때가 아니었다. 느리게 걷는 내 발목과 앞서가는 타인의 발목을 묶어 2인 3각을 하고 있었다. 넘어지고 질질 끌려가다 보니 즐거움은 사라지고 고통과 혼란만이 있었다. 마음이 동반되지 않은 행동은 밑 빠진 독에 물 붓기와 같다. 약 1년간 남들 가는 길만 바라보며 방황했지만 큰일 날 것 같던 내 일상은 이전과 마찬가지로 고요했다. 일도, 사랑도 몇 살까지 해내야 한다는 마감기한은 없었다. 뒤늦게 스스로 만든 채찍의 환영에서 벗어나니 알 수 있었다.

내가 원하고 행동할 때가 적령기라는 것을.

여유가 없을 때는 그 어떤 긍정적인 이야기를 들어도 귓전에서 튕겨나가곤 했다. 하지만 마음을 차곡차곡 정리하니 유튜브 인생 강연과 책 속의 긍정적인 문장들이 마음에 와닿기 시작했다. 남들과의 관계, 인정 등 외부적인 상황에만 신경을 썼지 나의 내면을 제대로 돌보지 못했다. 조급한 상태에선 뭘 해도 만족스럽지 못했고 일이 틀어졌다. 몸이 자라고 나이를 먹었지만 내면은 10살 아이에서 성장을 멈췄던 것이다. 뒤늦게 방치한 아이의 손을 잡고 같은 속도로 걷기 시작했다. 성공과 행복이라는 막연하고 거대한 목표를 단기간의 작은 목표로 나누었다. 하루 동안 해야 할 일들이 다음 날로 넘어가지 없도록 욕심내지 않기로 했다. 최소한의 목표만 잡아 행동했다. 노력한다고 다 좋은 결과로 이어지지는 않기 때문에 또다시 실패할 수 있다. 하지만 내 기준, 내 속도로 쌓은 주춧돌과 기둥들이 있으니 성장촉진제를 맞고 껍데기만 부풀렸던 때보다는 버틸 힘이 있을 것이다.

과감히 프리랜서를 결정했던 그날을 떠올리며 넘실대는 파도에 몸을 맡겼다. 잠시 암초에 걸려 물속에 잠겼지만 바닥을 짚고 다시 수면 위로 올라왔다. 부표를 잡고 가쁜 숨을 몰아쉬며 주변을 둘러봤다. 여전히 같은 옷을 입고 빠른 속도로 흘러가는 사람들이 보였다. 흘러가다 뜻이 맞는 사람이 나타나면 뭉치고, 각자의 목표가 생기면 도로 흩어져 제 갈 길을 떠났다. 때로는 홀로, 때로는 무리를 지어갈 뿐 하나의 거대한 흐름 속에서도 각자의 길이 있었다. 그들 역시 밀려드는 파도에 잠겼다 떠오르며 앞으로 나아가고 있었다. 멍하게 바라보던 사이에 호흡이 고르게 돌아왔다. 무의미한 시선을 거두고 정면의 수평선을 바라봤다. 까만 어둠을 뚫고 새빨간 태양이 떠올랐다. 나는 반짝이는 잔물결을 따라 발길질을 시작했다.

늦은 아침 세수를 하자마자 싱크대 앞에 섰다. 날카로운 날을 빛내는 칼들 중 가장 쥐기 좋은 과도를 집어 들었다. 뾰족한 날 끝으로 '서걱서걱' 감자에 돋은 싹을 자르고 파냈다. 번거롭고 귀찮지만 몸에 해로운 싹을 제거하는 건 꽤 뿌듯했다. 하얀 속살만 남은 감자들을 푹 삶았다. 뜨거운 김을 뿜으며 부드럽게 무너지는 감자 위에 버터와 볶은 양파, 당근, 삶은 계란, 옥수수, 설탕, 후추, 소금을 넣어 뒤섞었다. 손질할 재료가 많고 시간도 오래 걸렸지만 스스로를 대접하기 위한 요리로는 딱이었다. 딱히 축하할 일은 없었지만 공모전 출품을 위해 새벽 세시까지 열정을 불태운 어제의 나에게 작은 행복을 선물하고 싶었다.

좋아하는 감자샐러드로 배를 채우고 컴퓨터 앞에 앉았다. 그리고 지나간 불안에 대해 기록하기 시작했다. 글을 쓰면서 거대한 깨달음을 얻은 것처럼 말했지만, 사실 이런 생각도 순간적인 감상일 뿐이다. 새로운 파도가 밀려오면 나는 또 정신없이 허우적거리며 물속으로 잠길 것이다. 삼십 대에 얻은 깨달음을 잊고 사십춘기, 오십춘기를 운운하며 힘들어할지도 모른다. 그때마다 이곳으로 돌아와 나를 달래려 한다.

지금과 똑같은 내가 그때에도 있었음을 상기하고 계속 나의 길을 묵묵히 걸어가 보려 한다.

떠나지 않아도
행복한 삶을 꿈꾸며

새로미

새로미 30대, 여자, 직장인. 떠돌이 생활을 청산하고 정착하게 된, 나름 격변의 시간을 글로 옮겼다. 매일을 여행하듯 살기 위해 나만의 일상을 가꾸고 있다. Aesop 핸드크림을 좋아한다.

다른 곳에 있는 행복을 찾아서

여행은
생존 투쟁의 제약을 받지 않는 삶이
어떤 것인지 보여준다.
- 알랭 드 보통 -

내 나이 서른둘, 워킹 홀리데이를 떠났다. 나라마다 자격 요건은 다르지만, 내가 선택한 캐나다는 만 30세까지 선발과 서류심사, 최종 합격까지 마쳐야 한다. 내 생일은 3월. 만 31세로 넘어가기 직전인 만 30세의 2월에 최종 합격을 했으니 그야말로 막차를 탔다.

그즈음에 나는 일보다는 여행에 돈과 시간을 쏟았다. '직장인'이라는 신분은 나에게 '자유의 끝'이었다. 돈은 있는데 시간이 없는 삶. 학교를 졸업하고 남들이 '취준생'이라는 신분으로 어딘가 들어가기 위해 문을 두드리던 무렵, 나는 어디든 소속되지 않기 위해 무던히 밖으로 나돌았다. 찬란한 20대를 회사에서 버티기에 세상은 넓고, 가고 싶은 곳은 많았다. 단기 알바를 하며 돈을 벌다가 최소한의 여행경비를 확보하면 떠났다. 돌아올 때의 잔고는 0에 가까웠다. 다시 일을 하고, 또 떠났다.

저마다 그럴만한 이유가 있듯, 나도 그저 즐기고만 싶었던 건 아니다. 나는 초중고 12년 동안 개근상을 받고 대학교, 대학원을 휴학 없이 마쳤다. 학구열이 높은 지역에서 고등학교를 다녔고, 서울 소재 대학교, 대학원을 나오니 내 주위에는 비슷한 능력치와 경험을 가진 사람들만 있었다. 상위권 대학에 나와 대기업에 취직해 결혼을 하고 행복한 가정을 꾸리는 것, 그게 내가 아는 삶의 전부였다. 원하는 삶의 모습은 아니었지만 그때까지 내 경험의 폭은 학교를 벗어나지 못했기 때문에 배운 대로, 그러니까 사회가 정한 '정답의 길'을 이탈하지 않고 묵묵히 따랐다.

몽테뉴는 "다른 생활습관에 자신을 노출시키고, 인간 본성의 무한한 다양성을 구경하는 것보다 더 나은 삶의 학교를 모르겠다"라고 했다. 그의 말처럼 학교나 회사로 규정되지 않은 곳에서는 배울 것이 많았다. 여행을 다니며 만난 사람들은 각자의 이야기를 가지고 나에게 왔다. 그들이 그려온 삶의 궤적을 보며 정답은 없다는 걸, 다르게 살 수도 있다는 걸 깨달았다. 작은 우물에서 벗어나 내 세계가 넓어지는 순간이었다. 점차 학교나 회사에 다니는 것보다 낯선 환경에 가서 새로운 사람들을 만나는 게 진정한 공부라고 느꼈다. 그렇게 나의 선택에 정당성을 부여했고 여행은 멈출 줄 몰랐다.

한국 밖을 돌아다니며 언뜻 본 세상은 내가 있는 곳보다 좋아 보였다. 미래를 위해 현재의 행복을 포기하며 돈을 벌거나, 집을 사기 위해 아등바등하는 게 아니라 여유롭게 삶을 즐기는 것처럼 보였다. 수직적인 위계질서가 없는 누구나 평등한 회사 생활, 효율적인 업무를 위한 자유로운 출퇴근 시간, 시집살이 걱정 없이 가족들과 온전히 즐기는 주말. 저게 삶이지, 동경 비슷한 거였다. 여행이 끝나면 다시 돌아간다는 생각에 답답했고, 여기가 아닌 다른 곳에서의 행복을 꿈꾸며, 자주, 한국 탈출을 기원했다.

사무직 알바를 하다가 운 좋게 정직원으로 채용되어 3년쯤 회사를 다녔다. 가족이 아닌데 자꾸 가족 같은 분위기를 자처하는 열댓 명 남짓의 작은 회사였다. 능력이 아니라 술과 담배로 다져진 친분으로 살아남는 곳이었다. 관리자들의 주도하에 업무시간에도 술을 마셨고, 회의실을 흡연실 겸용으로 사용해 시도 때도 없이 담배 냄새가 새어 나왔다. 내가 입사할 때 있던 직원의 반은 이에 저항하다 잘리듯 나갔고, 나머지 반은 적극적으로 가족을 자처하며 붙어있었다. 나는 그 중간 어디였다. 적당한 거리를 유지하며 조용히 내 일만 했더니 아무도 날 신경 쓰지 않아 오래 살아남았다. 회사에서의 시간을 견디다 계절이 바뀌면 공항으로 향했다. '회사원' 신분이 되었지만 돈이 좀 더 정기적으로 입금된다는 것 외에 달라진 게 없었다.

꽤 오래 만났던 남자친구와는 결혼 이야기가 오갔다. 아니, 남자친구 부모님과 결혼 이야기가 오갔다고 하는 것이 정확하겠다. 남자친구 가족과 두 번째 저녁식사를 할 때 그쪽 어머님은 이제 결혼을 하는 게 어떻겠냐 물었다. 나는 깜짝 놀라 남자친구를 쳐다봤지만 그는 흘끗 쳐다보고는 다시 시선을 거뒀다. 남자친구가 자리를 비우면 어머님은 "생리는 잘 하지?"같은 질문을 서슴없이 했다. 나를 가족이 아니라 손주를 낳아줄 사람으로 보는구나, 그걸 이렇게 노골적으로 표현하는구나 적잖이 당혹스러워 "네"라고 힘겹게 내뱉었다.

직장과 결혼으로 한국에서의 나의 삶이 규정될 무렵, 워킹홀리데이 선발 메일을 받았다. 잠시, 어쩌면 완전히 떠날 수 있는 마지막 기회라는 생각이 들었다. 누구나 인생의 안정적인 삶을 찾아 다음 단계로 넘어가던 때, 나는 떠났다.

삶에서 꿈꾸던 것을 꼭 해야겠다는 의지가 강해지는 시기가 온다. 그때의 내가 그랬다.

일탈, 일상이 되다

인생은 멀리서 보면 희극,

가까이서 보면 비극

- 찰리 채플린 -

내가 워킹홀리데이로 캐나다에 간다고 했을 때 한 친구는 "너는 모든 걸 버리고 떠날 수 있는 사람"이라며 부러워했다. 어느 날 갑자기 삶에 회의감을 느끼고는 탈출구를 찾아 미련 없이 떠난다, 이게 친구들이 보는 그림이었다면 나의 실제 과정은 쿨함과는 거리가 멀었다. 한 번쯤 외국에서 살아보고 싶다는 막연한 기대감으로 워킹홀리데이에 지원하긴 했지만, 캐나다는 인원 제한이 있어 경쟁률이 세고, 나이 제한이 있어 나는 그 해 첫 번째로 선발되지 않으면 안 되었기에 반쯤 포기하고 있었다. 막상 선발되었다는 메일을 받았을 때도 좋다기보다 '뭐야, 어떻게 해야 되지?'라는 생각이 먼저 들었다.

회사에서 메일을 확인하고 한참을 멍 때렸다. '가도 될까?'라는 생각과, 간다고 했을 때 해결해야 할 것들이 두더지 게임의 두더지처럼 한두 개씩, 혹은 한꺼번에 머릿속에 튀어 올랐다. 얼마 전 미국으로 삶의 터전을 옮긴 친구에게 이 소식을 전했다. 그녀는 얼굴 보고 축하해 주고 싶었다며 바로 영상통화를 걸어왔다. 가도 될지 모르겠다는 나약한 내 말에, "무슨 소리야, 가고 싶어 했잖아, 무조건 가야지."라며 너의 인생이니 너의 결정을 따르라고 했다. 사실 그 말이 듣고 싶어 그녀에게 가장 먼저 연락했고 그녀는 답을 주었다. 그리고 결심했다. 가자!

마음에 결심이 서니 해야 할 일들이 우선순위에 따라 정리됐다. 가장 난감했던 건 남자친구와 그의 부모님께 소식을 전하는 일이었다. '결혼'이라는 단어가 우리 사이에 들어온 지 일주일 만에, 그쪽 부모님의 은퇴를 앞두고 서두르는 상황에서 "아 그런데 잠깐, 그전에 저 캐나다 좀 다녀올게요."라고 말하기가 어려웠다. 남자친구에게 먼저 말했다. 안된다고 했다. 남들은 결혼하면 안정적이라는데 넌 왜 더 불안정해지냐고. '안정'이라는 단어가 숨 막혔다. 내 인생, 결혼하면 이제 이거 하나 맘대로 못하는 걸까. 나의 여행도 끝인 걸까. 나는 더욱 더 가야겠다고 생각했다. '결혼'이라는 게, '안정적'인 삶이, 나의 일부를 포기하는 일이라면, 그전에 온전한 내 인생을 다 누려야 했다. "지금 못 가면 평생 오빠를 탓하며 살 것 같아."라는 내 말에 타협의 여지가 보이지 않았는지 그는 알았다고 했다.

양가 부모님들을 설득하는 건 오히려 쉬웠다. 남자친구 부모님은 넓은 세상을 경험하는 건 좋은 일이라며 응원해 주셨다. 적어도 내 앞에서는 그랬다. 아니면, 다녀와서 공무원 준비를 할 거라는 내 말이 반가워서였을까. 우리 부모님도 '공무원'이라는 내 말에 한시름 놓는 표정이었다. 나를 바라보는 불안 서린 눈빛에 안도감이 깃드는 것을 보며, 내 삶에 '안정'이라는 키워드가 자리 잡기를 누구보다 간절히 바라고 있었구나, 생각했다.

가장 쉬울 것 같았던 퇴사가 지지부진했다. 그만둔다고 하면 늦어도 한 달 후에는 정리가 될 줄 알았는데 후임자를 찾기 어렵다는 이유로 퇴사는 점점 늦춰졌다. 그렇게 나는 출국 이틀 전 퇴사를 하고 하루 만에 짐을 싸서 공항으로 향했다.

선발 메일을 받고 출국하기까지 두 달이 걸렸다. 짧지 않은 시간이지만 관련 서류를 준비하고, 사람들을 설득하고, 신변 정리를 하다 보니 캐나다에서의 생활에 대한 계획 따위는 세울 틈이 없었다. 수하물을 부치고 비행기에 앉아서야 한숨을 돌렸다. 출발을 기다리면서 어쨌든 떠난다는 사실이, 답답한 생활을 벗어난다는 게 설렜다.

내가 도착한 4월의 캐나다는 겨울의 끝자락이었다. 여전히 춥고 간간이 비가 왔지만 비 온 뒤 갠 하늘이 참 예뻤다. 코로나가 터지기 전 한국은 미세먼지 때문에 파란 하늘을 보기 어려웠다. 탁 트인 하늘에 구름이 몽글몽글 맺혀있는 걸 보기만 해도 기분이 좋았다. 현지에서 만난 친구들이 캐나다에 와서 뭐가 제일 좋으냐 물으면 나는 주저 없이 예쁜 하늘이라고 답했다.

날씨는 점점 좋아졌고, 낮이 길어졌다. 파란 하늘 밑에서 '적응'이라는 명목으로 도시 구석구석 돌아다녔다. 미국 드라마에서만 보던 바둑판같이 쭉 뻗은 길, 그 길 이름을 알려주는 표지판, 좌석이 조금 더 넓은 대중교통, 익숙한 이름표를 달았지만 조금 다른 모습의 식재료들, 모든 것이 새롭고 신기했다. 신분증을 만들고, 은행 계좌를 개설하고 도서관 카드를 발급하니 적응을 넘어 '정착'했다는 느낌마저 들었다.

마음은 정착할 준비가 끝났지만 그것과 별개로 내가 머물 물리적 공간을 확보해야 했다. 출발하기 전 임시로 게스트하우스를 일주일만 예약해두었기 때문에 앞으로 지낼 곳을 찾는 게 시급했다. 제일 처음 선택한 방은 반지하였다. 주인과 분리된 생활공간을 가질 수 있고 가격이 저렴했지만 창문이 없어 해가 들지 않고 환기가 되지 않는 곳에 일주일 살아보니 이러다 죽겠다는 생각이 들어 임시 계약 기간이 끝나면 방을 빼기로 했다. 그다음 본 방은 1층이었는데 주인 노부부와 같이 생활해야 해서 몇 가지 주의사항이 있었다. 늦게 들어오거나 냄새가 나는 음식을 하면 안 된다고 했다. 같이 생활하려면 규칙이 필요한 데는 동의하지만 세입자에 대한 존중 없이 있는 듯 없는 듯 지내며 월세만 꼬박꼬박 내줄 사람을 찾는 것 같아 계약하지 않았다.

그 외에 몇십 군데 방을 돌아보았지만 내 조건에 부합하는 곳이 없었다. 월세가 적당하면서 지상에 있고 개인 생활이 보장되는 방, 원하는 건 간단했는데 그 접점을 찾기가 힘들었다. 꼭 하나씩 마음에 걸렸다. 차가 없는 나는 여기저기 발로 뛰어야 했고, 밤이 되어 방으로 돌아와도 아직 온전한 나의 공간을 찾지 못했다는 생각에 마음이 조급해져 편히 쉬지 못했다.

반지하 방의 임시 계약 기간이 만료될 무렵, 다시 게스트하우스로 돌아가야 하나 전전긍긍하던 차에 괜찮은 방을 찾아 계약했다. 월세 60만 원 정도에 1층에 위치한 창문이 큰 방, 주인이 같이 살지 않는 셰어하우스, 지하철역까지 걸어서 15분. 말 그대로 어느 한 군데 모나지 않은 '적당한' 방이었다. 바리바리 짐을 싸들고 왕복 두 번에 걸쳐 이사를 하고 완전히 짐을 푼 그날, 캐나다에 도착해 처음으로 깊게 잘 수 있었다.

계약을 하면서 보증금으로 마지막 달 방세와 첫 달 방세, 열쇠 보증금을 냈고, 마트에서 식료품과 생필품 등을 사니 순식간에 잔고가 줄었다. 다음 달부터 방세를 내려면 이제 사회적 지위가 필요했다. 편하게 내 공간을 즐길 새도 없이 일자리를 찾아 나섰다. 빨리 구하고 싶어서 주로 한국인이 주인인 가게에 문자나 메일로 지원을 했고 몇 군데 면접을 봤다. 그중 한 곳인 샐러드 가게에서는 내 학력이 문제가 됐다. 주인아주머니는 "공부를 많이 한 것 같은데… 우리는 정말 바빠서 성실한 사람이 필요해요, 할 수 있겠어요?" 걱정스럽게 물었다. 학력이 성실함을 보증하는 세계에 살던 나에게 던져진 새로운 질문이었다. 혼란스러운 생각을 비집고 "네, 그럼요." 짧은 대답을 끄집어내며 억지로 웃어 보였다. 그게 티가 났는지 "금방 그만두면 저희도 곤란한데…"라고 말끝을 흐리며 연락 주겠다는 말을 남겼고, 연락은 오지 않았다.

카페는 경력이 없어 안되고, 어디는 집이 멀어 안되고, 일자리 구하기가 어려운 건 한국이나 여기나 마찬가지였다. 외국인 신분으로 오래 일할 아르바이트 자리를 구하려니 오히려 한국보다 찾기가 힘들었다. 여기저기 한참 두드리다 가까스로 식당에서 서버 자리를 잡았다.

새로운 곳에서 내가 지낼 물리적 공간과 사회적 지위를 확보하니, 생활패턴이 정형화됐다. 아침에 일어나 지하철 타고 출근해서 오픈 준비부터 점심이 끝난 늦은 오후까지 일하고 퇴근한다. 끝나면 마트나 빵집에 들러 그날 먹을 저녁거리를 사서 운동하러 간다. 운동 마치고 돌아와서 저녁을 해 먹고, 치우고, 씻고, 의미 없이 인스타그램이나 유튜브를 뒤적이다 잔다. 가끔 영화를 보러 가거나 친구들과 약속을 잡았지만 저녁을 집에서 먹냐 밖에서 먹냐의 차이였지 한국에서와 다를 것 없는 생활이었다. 그렇게 나의 일탈은 일상의 연속이 되었다.

"나 가서 책 써올게." 캐나다행이 불안정한 길이라고 생각하는 남자친구를 설득하기 위해 했던 말이다. 그에게 이것 또한 안정적인 삶으로 가는 길일 수 있다고 설득하고 싶었다. 남자친구는 간간이 내 다짐의 근황을 물었고 나는 얼버무렸다. 마음속으로는 해야 되는데, 해야 되는데 하면서도 굳어진 생활패턴을 벗어나지 못했다. 좀처럼 의지대로 움직이지 않는 몸뚱이에 스트레스를 받았지만 그에게 털어놓을 수 없었다. 내 고민은 배부른 소리로 들릴 게 뻔했다. 우리의 대화에서 감정이 사라지고 있었다. 하루의 일과만 겨우 공유하며 별일 없다, 안부만 물었다.

무언가 해야 한다는 압박과 일상의 연속에 지쳐갈 때쯤 한국으로 돌아갈 시간이 다가왔다. 내가 캐나다에 온 이유를 아무것도 증명해내지 못했지만 꽤 오랜 타지 생활에 몸과 마음이 지쳐 귀국에 임박할수록 더 간절히 돌아가고 싶었다. 처음 정착할 때와 반대로 일을 그만두고, 짐을 다시 챙기고, 방을 뺐다. 다시 되돌아갈 준비에 분주할 무렵 남자친구는 "우리 아닌 것 같아."라는 짧은 말과 함께 이별을 통보했다.

위기를 기회로

중국인은 '위기'를 두 글자로 쓴다.
하나는 위험을, 다른 하나는 기회를 의미한다.
위기 속에서는 위험을 경계하되,
기회가 있음을 명심하라.
- 존 F. 케네디 -

아름다운 이별은 없다지만 이렇게 아름답지 못할 줄이야. 그는 달랑 전화 한 통과 함께 5년의 시간을 뒤로하고 후다닥 빠져나갔다. 나는 혼자 남겨져 그 지난한 과정을 다 겪어야 했다.

캐나다를 떠나기 며칠 전 엄마와 통화를 했다. "걔가 공항에 나간다고 하더라." 한 달쯤 전에 '전' 남자친구가 우리 집에 인사 와서 그렇게 말했단다. 차마 전화로 헤어졌다 말할 수 없어 "그래, 집에서 봐"라고 했다. 배낭 세 개를 이고 지고 공항버스를 타고 온 나를 보고 부모님은 무슨 일이냐며, 왜 같이 오지 않았느냐 물었다. 입이 떨어지지 않았다. 시선을 피하며 "급하게 일이 생겨서…"라고 둘러댔다. 저녁을 먹으며 가까스로 소식을 전했고, 부모님은 말없이 수저를 내려놓으셨다. "미리 말하지... 그랬으면 우리가 공항으로 나갔잖아." 참았던 서러움이 밀려왔지만 내가 울면 더 속상할까 봐 차라리 잘됐다며 의연한 척 웃어넘겼다.

차라리 잘됐다는 건 진심이었다. 타지에 있을 동안 전화로 5년의 시간을 정리하며 이렇게 된 건 역시나 너의 탓이라며 책임을 회피하던 그나, "내가 이렇게 키우지 않았는데…"라며 본인은 쏙 빠져나가던 그의 어머니를 보며 내가 알던 사람들이 맞나 싶었다. 헤어질 때 진짜 모습을 드러낸다더니 벌거벗은 민낯을 보는 게 괴로워 오히려 인연을 끊어준 게 고마웠다. 다만, 내가 내린 이성적인 결론과 별개로 마음의 상처가 아무는 데는 꽤나 시간이 걸렸다.

무엇보다, 아픈데 아프다고 말하지 못하는 게 힘들었다. 찌질해 보이고 싶지 않아 신경 쓰지 않는 척했는데, 아무렇지 않아 보이는 날 보고 사람들은 정말 아무렇지 않아 보였는지 그와, 바람인지 환승인지 모를 그의 새로운 여자친구에 대해 나에게 서슴없이 언급했다. 상처가 났는데 그걸 후벼파면 이렇게 아프려나. 그럴 땐 순간적으로 숨 쉬는 것도 잊는다. 최선을 다해 버티다가 조용히 화장실에 가서 숨을 몰아쉬었다. 제일 가까운 친구에게만, "나, 괜찮지 않나 봐." 한마디 할 뿐이었다.

왜 나는 아무렇지 않은 척을 했을까? 자격지심이었다. 인간사 약육강식의 법칙은 연애에서도 적용된다. 당시의 나는 직업도, 돈도 없었다. 이 이별에서 나는 철저하게 약자였고, 은지원의 〈쓰레기〉 가사처럼 "하나였던 우리 둘로 찢어지고 나는 구겨지고 마음 한구석 쓰레기통 어딘가 자리 잡은" 쓸모없는 존재가 된 느낌이었다. 내가 흔들리는 모습을 보이면 그걸 인정하는 것 같아 최선을 다해 괜찮은 척했다. 그래서 겉으로는 단단한 척 서있었지만, 속은 자주 흔들렸다.

니체는 "직업은 삶의 근간"이라고 했다. 전에는 그 이유를 돈이나 자아실현적인 측면에서 찾았는데, 직업이 없는 상황에서 위기를 맞아 보니 직업이란, '나를 지켜주는 것'이라는 점에서 꼭 필요하다고 생각했다. 사회적 지위가 있다는 건 그만큼의 쓸모를 이미 증명한 것이기에 바람막이가 되어 흔들리는 나를 보호해 줄 수 있지 않을까 하고. 나에게는 그 최소한의 방어막도 없었다. 작은 바람에도 '나'라는 존재가 날아가 공중에서 흩어질 것만 같았다. 내가 사라져버리기 전에 보호막을 만들어야 했다. "너는 좀 게으르잖아." 자긴 아니라는 듯, 묘하게 우월감을 느끼며 떠난 그에게 내 쓸모를 증명해야겠다고 생각했다.

일을 해야 했다. 돈을 벌어야 했다. 오래전 써둔 이력서를 다시 꺼냈다. '캐나다 워킹홀리데이' 한 줄을 더 채웠다. 수년간 여행을 다니며 배우고 성장했다고 생각했는데 고작 한 줄 채울 수 있을 뿐이었다. 취업시장에서 종이에 옮겨지지 않는 경험으로는 '나'를 증명할 수 없다는 사실이 씁쓸했다.

어디서부터 잘못됐을까? 내가 뭘 잘못했을까? 난 이제 뭘 해야 하지? 뭘 할 수 있을까? 질문은 가득한데 답지는 텅 비어있었다. 멍하니 생각에 잠기는 시간이 많아졌다. 답답한 마음에 친구에게 전화를 했다. "내가 괜히 캐나다에 간다고 했나 봐. 그냥 한국에 있었으면 이런 일 없었을 텐데. 내가 다 망친 것 같아." 울먹이는 내 목소리를 가만히 듣던 친구가 말했다. "너 잘못한 거 하나도 없어." 그 말을 듣고 나서야 내가 계속 자책하고 있다는 걸 알았다. 이렇게 된 상황을 내 탓으로 돌리며 괴로워하고 있었다. "넌 그냥 네 인생을 산 거야. 하고 싶은 일은 지금부터 찾으면 돼."

그랬다. 나는 내 인생을 살았을 뿐이다. 앞으로도 내 인생을 잘 살면 그만이다. 그제야 몸에 긴장이 풀렸다. 아무것도 보이지 않았던 미래가 무엇이든 그릴 수 있는 가능성으로 바뀐 순간이었다. 텅 빈 답지를 이제는 채울 수 있을 것 같았다. 시간은 좀 걸리더라도 과거를 돌아보고, 내 인생을 다시 설계해 보기로 했다. 이 위기가 나에게 기회가 될 수 있도록.

도망친 곳에 낙원은 없다

인간은 환경을 탓하면 패배자가 되고

그것을 적극적으로 이용하면 승리자가 될 수 있다.

- 오프라 윈프리 -

"나는 커서 훌륭한 의사가 되고 싶어요." 유치원 졸업 앨범에 남겨진 7살의 내가 한 말이다. '의사'라는 직업의 무게가 어떤지, 그로 가는 여정이 얼마나 험난한지 아무것도 모르지만 그저 헤헤 웃으며 훌륭한 사람이 되고 싶다고 쓸 수 있는 용기가 7살의 나에게 있었다.

어린 시절 꿈꾸는 장래희망에는 필터가 없다. 편견도 없다. 아이들의 가능성은 무한하기에 어른들은 응원을 아끼지 않는다. 하지만 '학교'나 '사회'라는 제도 안으로 들어가면 이야기가 달라진다. 일등부터 꼴등까지 한 치의 오차도 없이 줄을 세운다. 등수에 따라 내가 선택할 수 있는 직업이 달라지고 그에 따라 삶의 모습이 정해진다는 걸 점점 알아간다. 훌륭한 사람이 되고 싶다던 아이도, 전교 등수가 두 자리 이상으로 밀려나면 더 이상 그 말을 입 밖으로 꺼낼 수 없다.

나도 그랬다. 의사가 되고 싶다던 아이는 선생님으로 방향을 바꿨다가, 그것도 여의치 않아 "저는 별로 하고 싶은 일은 없는데 과학은 재밌어요."라는 말과 함께 점수에 맞춰 공대에 갔다. 과학은 정말 좋았다. 자연 현상을 원자 단위로 쪼개서 보는 법을 배우는 건 세상의 이치를 이해하는 것 같아 재밌었다. 수험생 때보다 대학교에서 오히려 열심히 공부했고, 교수라는 꿈을 안고 대학원에도 진학했다. 반짝, 나의 미래가 밝아지나 했는데 졸업을 앞둔 어느 날, 교수가 "손 좀 잡아 보자, 내 딸 같아서 그래." 한마디에 또 와장창 무너졌다. 여기서 그만두면 실망할 부모님을 생각해 가까스로 대학원을 졸업했다. 더 이상 어디로 가야 하는지 갈피가 잡히지 않았다. 좀 쉰다는 핑계를 대고 여행을 다니기 시작했다.

내 삶에서 현실과 이상은 자주 충돌했다. 그럴 때면 여지없이 이상은 현실에 굴복했다. 미래를 그리기가 점점 어려웠다. 앞날이 불투명해질수록 지금 당장 행복할 수 있는 걸 찾았고, 그게 나에게는 여행이었다. 결국 도피였다. 불확실한 미래로 가는 길에서 벗어나 맛보는 잠시의 위안. 그래서 떠날 땐 즐거워도 돌아올 땐 막막했다. 실상 다음 여행을 기다리며 버티는 삶에 가까웠다.

우리는 무의식중에 환경을 탓한다. 시간이 더 많았더라면, 돈이 충분했더라면 지금과는 달랐을 거라고. 상황이 괜찮았으면 이렇게 삶에 끌려가지 않았을 거라고. 마치 지금의 생활에서 벗어나 새로운 공간에 가면 저절로 내 삶이 나아지기라도 할 것 같이. 나 역시 한국 사회가 나와 맞지 않다며 불평만 했다. 답답한 현실이 바뀌어주기를 바라며, 어쩌면 완벽하게 떠날 수 있는 기회라는 생각에 캐나다행을 고집했다. 그곳에 가면 여유로운 생활, 걱정 없이 사는 삶이 기다리고 있을 줄 알았다. 하지만 한국에서도 시간을 유용하게 쓰지 못했던 나는 캐나다로 이동한다고 해서 갑자기 달라지는 게 아니었다.

"내가 뒤척이지 않으면, 나를 뒤집어 놓지 않으면 삶의 다른 국면은 나에게 찾아와 주지 않는다."라는 이병률 시인의 말처럼 문제는 환경이 아니라 나에게서 찾아야 했다. 마음에 드는 삶이 아니라고 도망치면 아무것도 달라지지 않는다. 내가 먼저 움직여 원하는 상황을 만들어가야 한다는 걸, 그럴 수 있다는 걸 깨달았다. 그렇게 이상에 현실을 맞춰가고, 일상이 내가 그리는 삶으로 가는 과정이 될 때 굳이 떠나지 않아도 행복할 수 있지 않을까?

떠나지 않아도 행복한 삶을 위해

지금,

여기서

행복할 것

- 틱낫한 -

찰나의 순간들이 모여 '나'를 만든다. 그저 버티는 삶에서 벗어나 내가 원하는 삶을 만들어가기 위해 일상을 돌보기로 했다. 나의 일상을 구성하는 물건, 일, 사람, 생각에 대해 몇 가지 기준을 정했다.

소비의 기준

부자는 돈으로 시간을 사고,

빈자는 시간으로 돈을 산다.

나는 피부가 건조해 계절에 상관없이 손이 자주 튼다. 나에게 핸드크림은 필수지만 내 돈으로 사본 적은 거의 없다. 선물 받거나 증정품으로 버텼다. 다 떨어지면 1+1 행사하는 가장 저렴한 핸드크림을 샀다. 향도 별로 마음에 들지 않았고, 촉촉함도 부족했지만 핸드크림 따위에 내 돈을 더 쓰고 싶지 않았다. 차라리 그 돈을 모아 여행을 가는 게 훨씬 낫다고 생각했다. 그러다 보니 '돈'이 소비의 가장 중요한 기준이 되었다. 그렇게 내가 가진 물건들은 대충 가격만 맞춰 산 것들이었고, 크게 애정이 없었다.

그러다가 친구를 따라 Aesop 매장에 방문한 적이 있다. 가로수길에 있는 매장은 체험형으로 운영하고 있어 제품을 직접 사용해 볼 수 있다. 매장 가운데 세면대에서 핸드워시로 손을 씻고 핸드크림을 발랐다. 마치 내 손을 잡아주며 "왜 이제 왔어" 하고 날 반겨주는 것 같았다. 포근했다. 자연을 담은 향은 인위적이지 않아 내 곁에 머무는 동안 꽤 오래 미소 짓게 했다.

사람마다 특정 제품에 쓸 수 있는 가격의 마지노선이 있다. 나에게 몇만 원 하는 핸드크림은 그 선을 훌쩍 뛰어넘는 것이었지만 그 포근함을 잊지 못해 큰맘 먹고 구매했다. 손을 씻고 파우치에서 핸드크림을 꺼내어 바를 때마다 기분이 좋았다. 친구들에게 나의 '힐링템'이라 소개하며 추천했고, "오 진짜 향 좋다. 힐링 된다."라며 기뻐할 때 내가 괜히 뿌듯했다.

우리가 하루에 몇 번이나 웃을까. 핸드크림으로 일상에서 한 번 더 웃을 수 있다면 그 행복의 가치를 돈으로 환산할 수 있을까? 좋은 제품을 산다는 건, 단순히 기능을 사는 게 아니라 돈을 들여 그 제품과 함께하는 '시간'을 사는 거라는 걸 그때 처음 느꼈다.

내가 선택한 물건들이 일상을 채우고 그것들과 대부분의 시간을 보낸다는 걸 깨달으니 자연스럽게 소비의 기준이 바뀌기 시작했다. 더 이상 가격과 타협해서 마음에 들지 않는 물건을 사고 후회하거나, 최저가를 찾기 위해 많은 시간을 들이지 않는다. 하나를 사더라도 내가 좋아하는 물건들로 일상을 채우기로 했다. 조금 비싸더라도 좋은 것을 오래, 만족감을 느끼며 쓸 수 있도록. 선택에 들일 시간을 줄이고 사용하는 시간에서 오는 행복을 돈으로 사는 것, 그렇게 내 일상을 돌보는 것, 그게 내 현재 소비의 기준이다.

안정적인 일

직업에서 행복을 찾아라.
아니면 행복이 무엇인지 절대 모를 것이다.
- 엘버트 허버드 -

사람은 어떤 형태든 일을 안 하고 살 수는 없다. 그 이유가 돈이 됐든, 성취감이 됐든, 명예나 인정이 됐든. 하루에 적어도 ⅓ 이상의 시간을 일에 들인다. ⅓ 은 자는 시간이니, 사실상 생활의 반 이상을 '일'과 함께 보낸다. 그렇기 때문에 내가 만족할 수 있는 일을 하는 것이 중요하다.

이게 참 당연한 말인데 또 어렵다. 내가 만족감이라는 걸 언제 느끼는가가 어렵고, 안다고 해도 그걸 직업과 연결시키는 건 또 다른 문제다. 나도 쉽게 결론을 내리기 어려웠다.

어려서부터 '회사'에 들어가기 싫다는 말을 자주 했다. 나에게 회사는 대량생산이 가능한 기계처럼 느껴졌다. 직원은 그 안에서 생산의 일부분을 담당하는 작은 톱니바퀴 하나. 최고의 효율을 위해 쉼 없이 기계를 돌리다, 부품이 닳아 문제가 생길 것 같거나, 더 높은 효율을 낼 수 있는 부품이 들어오면 아무 일 없었다는 듯 교체한다. 찰리 채플린이 〈모던 타임스〉에서 묘사한 모습이 딱 내가 생각한 회사, 그리고 직원의 모습이다. 아무리 생각해도 비인간적인 성과주의하에서는 내가 즐겁게 일하기 힘들 것 같았다.

내 마음을 울리는 건 언제나 '사람'이었다. 대학시절 도서관에서 봉사를 한 적이 있다. 주로 서가 정리를 했고, 가끔 요청을 받아 책을 찾아주기도 했다. 그러면 아무리 찾아도 없었는데 너무 고맙다며 연신 인사를 하고 먹을 것을 쥐어주시기도 했다. 돌아가는 뒷모습을 보며 도움이 됐다는 생각에 뿌듯했다. 백화점 행사 매대에서 판매 알바를 한 적도 있다. 그날은 속옷을 팔았고 고객은 주로 아주머니들이었다. 한 아주머니가, 아니 실은 여러 분이 그랬는데, 남편과 아이들 것을 예쁜 걸로 고르고는 여자 속옷을 만지작거렸다. 예쁜 것과 거리가 먼 가장 밋밋한 것을 골라 손에 들고 "이건 얼마예요?" 조심스레 물었다가, "비싸네…" 하고 이내 내려놓았다. "아이들이랑 남편 분 것도 샀는데, 어머님도 하나 하세요."라고 하면 들었던 속옷에서 눈을 떼지 못하고 "나는 많아서…"라고 대답하셨다. 결국 본인 것만 쏙 빼고 가족들을 위한 쇼핑백을 들고 가는 아주머니의 뒷모습을 한참 바라보며 내가 더 해줄 수 있는 것이 없어 괜스레 마음이 짠했다.

나는 무엇보다 다른 사람을 위해 일할 때 효능감이 높아진다는 걸 깨달았다. 그래서 성과를 내기 위해 혼자 달려가야 하는 자리보다 일을 통해 사람을 도울 수 있는 직업을 선택했다. 바쁘고 가끔은 힘들어도 “고맙습니다.” 한마디에 마음이 따뜻해진다.

사람

남에게 그릇된 충고를 하지도 않고,
나쁜 마음을 품지도 않는 사람은 복이 있다.
내가 품은 작은 마음은,
언젠가 나에게 다시 돌아오기 때문이다.
나쁜 마음을 품지 않는다는 것만으로도
나는 큰 복을 받게 된다.
- 헤르만 헤세 -

“아니, 우리 팀에 신입이 들어왔는데 일이 어떻게 진행되고 있냐고 물으니까 ‘했어요’ 이렇게 대답하더라고. 참나 끝났으면 결과를 보고해야지 그냥 했다니, 아오 진짜 회사 스트레스야.” 친구가 울분을 토했다. 주어를 ‘회사’로 썼지만 들어보면 결국 ‘사람’으로 인한 스트레스다. 일이야 내가 노력하면 어느 정도 해결할 수 있는데 사람은 내가 어찌할 수 없다 보니 더 괴롭다.

나도 마찬가지였다. 회사가 너무 싫다고 생각했는데 이유를 돌이켜 보면 인간관계가 원인이었다. 갈피를 못 잡는 회의가 싫었던 건 책임지기 싫어 결정을 못 하는 상무 때문이었고, 마음껏 아이디어를 구상해 보라면서 자기가 원하는 답이 나올 때까지 말을 빙빙 돌리던 과장 때문이었다. 두루뭉술한 말속에서 그들이 원하는 바를 찾아야 했고, 그걸 또 내가 스스로 원해서 하는 것처럼 조심스럽게 포장해서 그들이 책임을 회피할 수 있도록 하느라 시간과 에너지를 낭비하는 게 싫었다. 외국에서 살다 왔다며 리서치를 '뤼서취'라 과장되게 발음하는 사람이나, 업무시간에 탁, 탁 자리에서 손톱 깎는 사람을 보고 진짜 상식적으로 이해가 안 된다며 고개를 절레절레 흔들었다. 당시 나의 상식은 타인을 품어주기 어려울 정도로 좁았다.

우습게도 퇴사 후 사람들을 미워하는 마음을 가진 것에 대해 가장 많이 후회했다. 주위 사람들이 소중하다는 걸 새삼 깨달았기 때문이다. 가족이나 친구, 하다못해 지인 하나 없는 타지에 있으니 외롭다는 생각을 처음 했다. 나와 관계를 맺던 사람들의 빈자리가 여실히 느껴졌다. 이리 보고 저리 봐도 그럴 수는 없다며 이상한 사람들이 모여있는 곳이라고 답답해했는데, 한 발자국 떨어져서 보니 그게 또 그렇게 싫어할 이유가 없었다. 발음이 그런가 보다, 손톱을 깎나 보다 하면 되는데 그게 왜 그렇게 화가 났는지.

요즘 전화상담을 연결하면 '상담원도 누군가의 소중한 가족입니다.'라는 안내가 나온다. 한 사람의 단면만 보고 당최 이해하기 힘들다고 푸념하다가도 저 사람도 누군가에겐 든든한 가족이고 좋은 친구일 거라는 생각이 들면 '그럴 만한 이유가 있겠지.' 이해해 보게 된다. 그리고 그게 사실이다. 누구나 그럴만한 이유가 있다. 기준이 달라 서로 오해가 생길 순 있어도 의도적으로, 악한 마음으로 행동하는 사람은 많지 않다.

타인을 사랑하라는 말은 역설적이지만 나를 위한 것이다. 좋든 싫든 매일 얼굴을 보고 인사하는 사람들도 내 일상의 일부이다. 누군가 싫다고 생각하기 시작하면 괜히 그 사람 행동 하나하나에 예민하게 굴게 된다. 그러면 정작 당사자는 아무 생각 없는데 나만 괴롭다. 미워하는 마음을 가지고는 절대 내가 행복할 수 없다. 싫은 마음 때문에 괜히 소중한 나의 하루를 망칠 필요가 있을까? 타인은 타인의 영역으로 두고 나는 나의 삶을 살자.

이옥섭 감독은 "누가 너무 미우면 사랑해버려요."라고 했다. 솔직히 난 사랑까지는 어렵지만 적어도 싫어하는 마음은 품고 있지 않으려고 노력한다. 싫다고 단정하기 전에 좋은 의도를 유추해 보고 그게 어려울 땐 '그런가 보다'한다. 그렇게 넘기는 것만으로도 일상이 평온해진다.

생각

일체유심조

모든 것이 마음먹기에 달렸다

- 원효대사 -

친구의 소개로 〈나를 공부하는 학교, 인큐〉에 인문학 강의를 들으러 갔을 때다. 지금은 없어졌지만 당시 새로운 형태의 교육이었고 후기도 좋았던지라 기대하는 마음으로 참석했다. 본격적으로 수업을 시작하기 전 윤소정 대표님의 한마디가 아직도 기억에 남아있다. “기대한다는 건 누군가한테 기댄다는 뜻이래요.”라면서 기대하는 마음으로 참석한다면 그건 나에게 무언가 해주길 바라는 수동적인 자세라고 했다. 그러지 말고 내가 무엇을 기여할 수 있을까라는 주도적인 자세로 참석하면 오히려 배울 것이 더 많다는 이야기였다. 아! 무릎을 탁 쳤다. 내가 나도 모르는 사이에 주위에서 알아서 해주길 기대하고 있었구나. 수업 시간 내내 내가 이 수업에서 어떤 역할을 할 수 있을지 궁리하며 그 어느 때보다 적극적으로 참여했다.

어린 시절 위인전에서 원효대사 이야기를 읽으며 ‘모든 것이 마음먹기에 달렸다.’는 것을 배웠다. 그런데 그 마음먹기가 마음대로 되지 않았다. 맞는 말인 것 같긴 한데, 대체 마음을 어떻게 먹어야 하는지 진짜 마음만 먹으면 다 달라지는지 궁금했다. 윤소정 대표님의 말을 듣고 의문의 실마리를 찾았다. 어떤 상황에서도 내가 해결할 수 있다는 ‘주체적’인 자세를 갖는 것이 중요하다는 걸. 상황이 나를 쥐고 흔들 걸 기대하지 말고, 내가 어떻게 기여해서 이 상황을 만들어갈지 고민하는 자세가 모든 걸 바꿀 수 있다.

특히 위기 상황에서 도움이 많이 됐다. 캐나다에서 돌아와 다시 자리 잡느라 힘들어할 때 나에게 왜 이런 일이 일어났을까 하며 그 상황에 빠져있지 않았다. 대신, “자, 이 일은 벌써 일어났는데 이왕이면 이걸 나에게 도움이 되는 일로 바꿀 수 있을까?” 나에게 유리한 상황으로 바꾸려고 노력했다. 순간순간, 약해지고 흔들렸지만 내가 상황을 바꿀 수 있다는 믿음, 좋은 방향으로 나가고 있다는 확신이 결국 나를 좋은 길로 이끌었다.

생각은 모든 것의 기본이 된다는 점에서 가장 중요하다. 생각을 바르게 가져야 사람과의 관계를 원만하게 맺을 수 있고, 그래야 일을 즐겁게 할 수 있으며 그로부터 오는 안정적인 수입으로 나의 기준을 갖고 소비할 수 있기 때문이다.

나만의 기준을 가지고 일상을 돌본 지도 벌써 몇 년으로 말할 수 있을 만큼의 시간이 지났다. '요즘 좋아 보인다'는 말을 꽤나 자주 듣는다. 남들보다 스펙이 화려한 것도, 돈을 많이 버는 것도 아닌데 부럽다는 말을 들을 때는 뭐가 그렇게 부러울까 생각해 보게 된다.

변화에는 절대적인 시간이 필요하다. 여기에 꽤나 많은 글을 써냈지만 행간에도 담기지 않는 매일의 고민이 있었다. 문득, 내가 잘하고 있는 걸까, 불안했지만 하루하루의 시간이 쌓여 변화를 만들어낸다는 걸 믿으며 내가 세운 원칙을 잊지 않았다. 여기서 행복해야 어디에서든 행복할 수 있기에 지금, 여기서 만족할 수 있는 일상을 만들기 위해 열심히 노력했다. 부러운 게 있다면 내가 원하는 삶을 스스로 만들어가는 데서 오는 만족감 정도가 아닐까?

올겨울, 코로나19로 막혔던 해외여행길이 다시 열리기 시작했다. 친구가 도쿄행 비행기를 끊었다고 했다. 나도 갈까, 잠깐 고민했는데 굳이 가고 싶지 않았다. "넌 여행 안 가?" 친구가 물었다. "나 떠나지 않아도 될 것 같아. 당분간은."

산은 언제나 거기에 있어
- 등산 초보자의 등산 기록

신지나

신지나

평일에는 회사원, 주말에는 집순이로 살며 틈틈이 글쓰기, 덕질, 음악 작업을 합니다. 어쩌다 일본 후지산에 올라갔다 온 후, 계속 산을 찾아가는 초보 산악인입니다. 산에 오르는 속도는 빠르지 않지만, 결코 정상을 포기하지 않습니다. 열정 열정 열정!

초대장

27년간 서울에 살던 내가 어느 날 일본으로 떠나게 된 것은 오래전부터 정해져 있던 일 같다.

어릴 적 친구가 집에 놀러 오면, 항상 친구에게 보여줘야 하는 것이 있었다. 나는 친구를 언니 방으로 데려가 책장 중간에 놓여있는 눈사람 모양의 연필 깎기를 조심스럽게 꺼내 보였다. 눈사람이 쓰고 있는 검은색 중절모 가운데로 연필을 깊숙이 꽂으면 요란한 소리를 내며 자동으로 심을 뾰족하게 만들었다. 그것은 외삼촌이 일본 유학 중 가져온 선물이었다. 외삼촌이 준 신식 학용품 중 기억에 남는 것이 하나 더 있는데, 헬로키티가 중앙에 크게 그려진 빨간색 체크무늬 책가방이었다. 당시 유행했던 잔스포츠 백팩을 선망했던 초등학생의 취향에는 그 가방이 지나치게 귀여워서 결국 밖에 메고 나간 적은 없었지만, 지금도 그 가방을 선명하게 그릴 수 있을 정도로 꽤 오랜 시간 간

직했다.

한창 만화책에 빠져 있던 시절에는 어떤 역경도 이겨내고 감동의 초밥을 만드는 주인공처럼 초밥왕이 되고 싶었고, 동시 통역사가 될 거라며 일본어 학원에 등록하여 어른들 사이에 껴서 교복을 입고 수업을 들었다. 언어는 우직함과 성실함을 요구하는 분야이지만, 항상 벼락치기식으로 공부했던 나는 겨우 초·중급 수준의 일본어를 할 수 있었다. 그래도 강남역 학원에서 익힌 실력이 고등학교 제2외국어 시간 외에 도움이 된 적이 있었는데, 바로 첫 해외여행에서 였다. 대학생이 되어 처음으로 갔던 해외 여행지는 일본 홋카이도였다. 현지에서 말이 통한다는 사실이 신기하기도 했고, 듣고 말하고 읽을 수가 있으니 길을 찾고 물건을 사는 것도 재밌었다. 내가 갔던 1월의 홋카이도는 어디에나 눈이 쌓여 있었고 한적하고 차분했다. 하코다테 산에서 내려다본 풍경, 삿포로 스스키노 골목에서 먹었던 라멘, 오타루행 열차를 타고 달리던 바닷길, 내가 만났던 따뜻한 일본인들. 홋카이도에 다녀와 한동안 그 기억에서 헤어 나오기 힘들었다. 홋카이도가 마음의 고향이 되어버려 향수병을 치료하듯 매년 일본에 갔다.

아예 짐을 싸서 일본으로 떠나게 된 것은 28살 때였다. 대학교를 졸업하고 두 번째로 다니던 회사를 딱 1년 만에 그만두고 바로 다음 날 일본으로 가는 비행기를 탔다. 한 번쯤 외국에서 생활해보고 싶었고, 다니던 회사를 그만둘 명분이 필요했다. 온갖 부정과 비상식과 부도덕함이 난무하는 회사 덕분에 망설임 없이 워킹홀리데이 비자를 신청

했고, 3개월간 지낼 숙소와 어학교 단기과정만 예약한 채 도쿄로 떠났다. 왜 도쿄였을까. 여행으로 한 번 간 적은 있지만, 오다이바를 가는 유리카모메 열차를 탔던 것 외에 좋은 기억은 남아있지 않았다. 일본의 수도이니깐, 여러 개의 어학교가 있어 학교를 선택할 수 있었고 왠지 일자리도 많을 것 같았다. 도쿄에서 돈을 벌어서 홋카이도에 가면 된다고 막연하게 생각했다.

네모반듯한 주택가 동네에 위치한 연립주택 2층에 혼자 살면서 현지인들과 비슷하게 생활했다. 출근하는 사람들과 같이 전차를 타고 어학교에 가고, 귀갓길에 역 앞 마트에 들러 식재료를 사고, 예전에는 감질나게 찔끔찔끔 캐리어에 담아왔던 음료와 간식을 언제든 편의점에서 사 먹는 평범한 일상에 가슴이 벅차올랐다. 내가 일본에 있다니. 봄에서 여름으로 넘어가는 계절, 심하도록 파란 하늘에는 오로지 경계가 뚜렷한 뭉게구름만 떠 있고, 초록색 야마노테센 열차가 지나가는 선로 아래로 자전거를 탄 학생들이 지나갔다. 그 길에 서 있던 내가 애니메이션의 주인공이 된 것 같았다.

그러나, 달콤함과 설렘의 시간은 금방 끝나고 이 도시와의 권태기가 찾아왔다. 아무런 목표도, 다음 계획도 세우지 못한 채 3개월의 어학 과정이 끝나가고 있었다. 같은 반에서 수업을 듣던 중국 학생들과 한국 학생들이 일자리를 구했다는 소식에 마음이 조급해졌다. 앞으로 무얼 해야 하는지 어디로 가야 할지 몰랐지만, 놀고만 있을 수 없었다.

몇 달 버틸 생활비가 있었지만 일본 전역을 돌아다니며 쓸 정도로 대단한 금액이 아니었고 도쿄에서 아직 못 해본 것들이 많아 떠나기엔 일렀다.

나는 원하는 곳에 가서 하고 싶은 것을 하며 살고 있을 줄 알았는데, 매일 아침 신주쿠역의 인파를 뚫고 열차를 환승하여 회사로 출근하고 있었다. 그동안 자유롭게 다니며 돈을 쓰던 갑의 입장에서 한순간 을의 위치로 전락하고 말았다.

일본에 살면 자연스레 현지인처럼 말하게 될 줄 알았는데, 언어가 늘지 않아 답답했다. 어학교에 다니는 동안, 일을 쉬고 온전히 공부만 할 수 있는 기회인 만큼 예습 복습을 열심히 했고, 귀가 뜨이려고 밤에 일본 방송을 틀어 놓고 자기도 했다. 그러나, 평소 잘 떠드는 성격도 아니고 완벽히 구사할 수 있는 말만 입 밖으로 내뱉는 별 도움 안 되는 완벽주의 성향 때문에 언어 실력이 전혀 늘고 있지 않았다. 그런데도, 나는 한국인들과 어울리며 일본어보다 한국어를 많이 사용하고 있었다. 한국인 친구들과 한인 타운에서 감자탕을 먹고 신나게 수다를 떨고 집으로 가는 길, 스스로가 한심했다.

그러던 어느 날, 다니던 교회에서 몇몇 사람들이 모여 후지산에 간다는 이야기를 들었다. 후지산은 안전 문제로 일 년 중 유일하게 7월과 8월에만 일반인이 들어갈 수 있다. 이번에 가지 않으면 평생 갈 수 없을 것 같아, 서먹함을 무릅쓰고 후지산팀에 합류했다. 일본에 온 목적이 흐려지고 눈에 보이는 결과물이 없어 자존감이 바닥을 치고 있던 시기에 후지산이 보내는 시그널을 받았다. 그것은 산으로의 초대장이었다.

산을 만나다

마지막으로 산을 갔던 게 언제였는지 기억이 나지 않을 정도로 산에 대한 추억도 감흥도 없었다. 후지산富士山(해발 3,776m)은 일본에서 가장 높은 산이고 백두산(해발 2,593m)보다도 고도가 높다. 평일 아침 출근 열차 시간에 맞춰 역까지 뛰거나 빠르게 걷는 것이 유일한 운동인 나에게 후지산이라니. 나름 비장하게 목숨을 걸고 간 산행이었다. 등산을 제대로 해본 적이 없다 보니 그게 얼마나 높은 건지도 몰랐다. 올라가면 기온이 낮아지기 때문에 두꺼운 외투가 필요하고, 자외선을 차단하기 위해 선크림, 선글라스를 챙겨야 하고, 고산병을 겪을 수도 있다는 말을 들었지만, 여전히 그 높이를 체감할 수 없었다. 두려움 반 설렘 반으로 준비물을 챙겼다.

직장인과 유학생으로 구성된 9명의 등산대는 금요일 저녁 도쿄 시내에서 차를 타고 1시간을 달려 시즈오카현에 도착했다. 누구의 의견이었는지 모르겠지만, 우리는 정상에서 해돋이를 볼 생각으로 야간 산행을 택했다. 후지산은 보통 차로 산 중턱까지 가서 거기서부터 등반을 시작한다. 후지산 고고메五合目(5합목: 해발 2,305m)에서 산행을 시작한 시각은 자정이었다. 등산로에는 우리 외에도 몇몇 무리가 더 있었다. 체력을 비축하기 위해서인지 밤이어서인지 떠드는 사람 없이 발소리와 거친 숨소리만 들렸다. 어디로 가고 있는지 모른 채 헤드라이트 불빛에 의지하여 올라갔다. 오로지, 올라가야 한다는 생각과 낙오되거나 다쳐서 짐이 되면 안 된다는 생각을 되뇌며 앞만 보고 따라갔다. 완만한 길이 한참 이어지다 양손으로 바위를 잡고 올라가야 하는 구간이 나왔다. 점점 숨이 가빠지고 가방이 점점 무겁게 느껴졌다. 애당초 체력이 금방 고갈될 것이란걸 알고 있었지만, 줄어드는 체력보다도 더 힘든 것은 새벽의 추위였다. 바람을 막아줄 울창한 숲이나 커다란 바위 없이 노면에서 강풍을 그대로 맞아야 했다. 물품을 구입하려고 들렀던 산장에 들어가 잠시 바람을 피했지만, 예약해서 안에서 쉬고 있는 사람들에게 피해를 주는 것 같아 금방 나왔다. 정상에 도착하기 전에 해가 뜰 것 같아 하치고메八合目(8합목, 해발 3,250m)에서 일출을 보기로 했다. 달과 별 그리고 고요한 바람 소리만 있던 밤하늘 저 멀리서부터 주황색 하늘이 스멀스멀 올라왔다. 어두움에 가려져 있던 건지 해와 같이 떠오른 건지 밤에는 보이지 않았던 운해가 발아래로 펼쳐졌다. 우리는 구름보다도 높고 태양과 가까운 곳에 서 있었다. 해가 지면을 데우자 내 몸도 조금씩 따뜻해졌다.

다시 정상으로 향했다. 단숨에 뛰어 올라갈 수 있는 언덕처럼 보였지만, 고산증으로 한 발 내딛는 것조차 힘들었다. 길가에 사람들이 널브러져 있었고, 힘겹게 몇 발짝 옮긴 나도 배낭을 쿠션 삼아 길에 누워

산소통의 산소를 들이마셨다. 걸었다 쉬기를 반복하며 겨우 정상에 도착했다. 정상에 올랐을 때, 기념석이나 표지판조차 없어 여기가 정상이 맞나 의심이 들었다. 머릿속에 그려왔던 정상의 모습은 삼각형의 꼭짓점인데, 후지산 정상은 완만하고 넓은 공터였다. 저기로 좀 더 올라가면 분화구가 있다고 했던 것 같은데, 고산병으로 정신이 혼미하고 배가 고파서 서둘러 내려가기로 했다. 산을 정복했다는 성취감보다 자고 싶고 언제 내려가지 라는 생각뿐이었다.

그러나, 후지산은 우리가 쉽게 내려가도록 두지 않았다. 화산재와 흙이 뒤섞여 땅이 굳지 않는 탓에 푹신한 바닥으로 발이 쑥쑥 빠졌고, 미끄러지지 않으려고 발에 힘을 주니 발가락이 신발을 뚫고 나올 것 같이 아팠다. 알갱이처럼 뭉쳐진 점토와 돌멩이는 신발 안으로 들어와 발바닥을 괴롭혔다. 무엇보다 가장 힘든 건, 나무 한 그루 없이 반복되는 지겨운 풍경을 보며 기계적으로 갈지자를 그리며 끝도 없이 내려가야 하는 것이었다. 차라리 쓰러져서 구조용 헬기나 트랙터에 실려서 내려가는 게 나을 정도였다. 지금 다시 생각해도, 후지산을 한 번 더 올라갈 순 있어도 다시는 그 길로 내려가고 싶지 않다.

후지산 등반을 통해 자존감이 올라갔거나 역전 드라마처럼 극적인 힘과 용기를 얻은 것은 아니었다. 그래도, 후지산에 갔다는 특별한 경험, 후지산에서 봤던 일출과 밤하늘의 모습들, 함께 간 사람들과의 추억이 남았다. 그 중에서도 내가 가장 크게 얻은 것은 산과의 첫 만남이었다. 누군가는 산은 오르는 것이 아니라 바라보는 것이라고 우스갯소리로 말한다. 그렇다. 산은 멀리서 바라보는 것만으로 웅장함과 아름다움을 느낄 수 있다. 그러나, 어떤 지형인지, 어떤 나무와 꽃을 피우는지는 직접 밟고 가까이에서 봐야 비로소 알 수 있는 것들이다. 나에게 후지산은 꽃 한 송이 찾기 어려운, 붉은 화산재를 뒤집어쓴 민둥산이었다. 문득 다른 산은 어떤 모습을 하고 있는지 궁금해졌다.

꽃보다 당고 花より團子

도쿄에 사는 기간이 늘어도 여전히 적응되지 않는 것 중 하나는 비싼 교통비였다. 전철의 경우, 기본 요금은 130~180엔으로 한국과 비슷하지만 기본 요금 구간이 짧아서 몇 정거장만 가도 추가 요금이 부과되었다. 철도 운영사는 왜 이리 많은지. 국철, 도영 지하철, 도쿄메트로, 각종 사철의 각 노선들이 던전처럼 뒤엉켜 있고, 노선 간 환승이 잘되지 않아 갈아타는 순간 새로 요금이 붙어버렸다. 사정이 이러다 보니 산을 가기 위해 도쿄도를 벗어나는 것은 꽤 큰 결심이 필요했다. 오르막길조차 흔치 않은 도쿄에서 높은 곳에 올라가는 방법은 도쿄타워, 스카이트리, 도청사 전망대와 같은 건물을 엘리베이터로 가는 방법뿐이었다. 평평한 이 도시에 유일하게 있는 산이 바로 타카오산高尾山(해발 599m)이었다.

신정이 지난 첫 토요일, 친구 두 명과 신주쿠역에서 타카오산행 열차를 탔다. 도심에서 점점 서쪽으로 갈수록 창밖으로 보이던 건물들이 듬성듬성해졌다. 그렇게 50여 분을 달려 타카오산입구역에 도착했다. 도심에서 이렇게 멀리 떨어져 있는 산이 가장 가까운 산이라니. 어렸을 적 학교 수업 시간에 억지로 갔던 집 근처 구룡산과 대모산이 새삼 소중하게 여겨졌다.

반나절이면 올라갔다 내려온다는 말만 듣고 갔는데, 시설들이 잘 갖추어져 있었다. 역에서 산 입구까지 상점들이 정갈하게 늘어서 있었고, 등산로도 잘 포장되어 있어 걷기 편했다. 케이블카나 리프트를 타고 산 중턱까지 갈 수 있었는데, 우리는 정상을 정복하는 기분을 내고 싶어 땀 흘려 올라가는 방법을 선택했다. 겨울에도 영하로 떨어지지 않는 적당한 추위에 키 큰 나무들은 푸른 잎이 달고 있었다. 어느 정도 숨이 차올랐을 때, 눈앞에 평지가 나타났다. 리프트에서 내려 계속 산에 올라가는 사람들과 리프트를 타고 내려가려는 사람들이 한데 뒤섞여 있었다. 북적이는 인파들 사이로 나의 시선을 사로잡는 것이 있었는데, 바로 당고団子(일본식 경단)였다. 평소에는 떡 위에 얹는 앙금이 너무 달거나 간장소스가 짜서 손도 안 대는 음식인데, 꼬치에 나란히 꽂혀서 숯불에 은근히 구워진 떡들을 지나칠 수 없었다. 쫀득한 떡알을 씹고 있는데 여기저기서 사람들 손에 들린 하얀색 물체가 보였다. 니쿠망肉まん(고기만두)이었다. 왕만두는 못 참지. 주먹만 한 만두를 한 입 베어 물자 고기가 품고 있던 육즙이 새어 나왔다. 여기가 산인지

시장인지 본분을 잊고 이곳에 눌러앉을 것만 같아 다른 매점의 유혹을 뿌리치고 고행의 총량을 채우러 다시 길을 나섰다.

정상에 도착하여 타카오산정상이라고 쓰여 있는 목판 앞에서 기념사진을 찍었다. 난간에 서서 경치를 바라보니 저 멀리 후지산이 보였다. 우리는 잠시 휴식을 취하며 준비해 온 간식들로 요기했다. 초콜릿과 차갑게 식은 충무 김밥을 먹다 보니 뜨끈한 국물이 간절했다. 그 순간, 산 입구에서 봤던 소바 가게가 생각났다. 서둘러 내려가야 할 이유가 생겼다.

일본어로 '하나요리 당고'花より團子라는 말이 있는데, 우리나라 말로 치면 '금강산도 식후경'과 의미가 상통한다(일본어의 의미는 외관이나 명성보다 실속을 챙긴다는 뜻에 더 가깝다). 울창한 숲과 키 큰 나무들, 아슬아슬하게 건넜던 흔들 다리, 오래된 나무 뿌리에 앉아 시간의 흐름을 느꼈던 묘한 기분. 내려오는 길이 좋았지만, 온 정신은 소바에 쏠려있었다.

그때 내려와 먹었던 토로로 소바とろろそば 맛을 몇 년이 지난 지금도 잊지 못한다. 원래 마즙의 걸쭉한 식감을 좋아하지 않았고, 소바와 마즙은 상상할 수 없는 조합이라 여겼으나 그날 이후로 소바에는 무조건 마즙을 추가해서 먹는다. 기회가 된다면 다시 타카오산에 가고 싶다. 토로로 소바와 산 중턱 매점에서 파는 간식들을 먹으러.

약골 클럽 창단

3년의 도쿄 생활을 정리하고 귀국 후, 한동안 산에 가지 못했다. 일본에서는 언젠가 이곳을 떠난다는 생각에 기회가 될 때마다 새로운 곳을 찾아 다녔고, 산, 바다, 숲, 섬 어디든 같이 갈 사람들이 있었다. 반면, 한국에서 사람들은 낯선 곳보다 익숙한 곳에 가려고 했다. 주변에 등산이 취미인 사람도 없었고, 산에 가자는 말에 돌아오는 대답은 뭐 하러 힘들게 올라가냐는 말뿐이었다. 심지어, 산 밑에서 백숙을 먹고 있을 테니 나 혼자 정상에 다녀오라는 말에 약이 올라 더 이상 등산 이야기를 꺼내지 않았다. 혼자서 가볼까 계획을 해봤지만, 나 역시 나중에 가야지 하면서 미루기 십상이었다. 그렇다고 본격적으로 산악동호회에 들어가기에는 나의 저질 체력이 민폐가 될 것 같았다. 그렇게 후지산과 타카오산에 갔던 일은 하나의 추억으로만 간직하며 살고 있었다.

작년 연말에 대학교 선후배 사이인 연희와 우리언니를 만났다. 우리언니는 오래전부터 하고 싶었던 공부를 위해 상담 대학원을 다니고 있고, 연희는 회사에 다니며 퇴근 후에는 야구장에서 키움 히어로즈를 열정적으로 응원하는 동생이다. 대학교 졸업 후 이들과 종종 만나서 각자의 근황, 대학교 시절 추억, 동창생 근황(누가 결혼을 했다, 누가 애를 낳았다), 종교, 정치, 가족 등의 이야기를 공유하다 보니 어느덧 15년 이상을 알고 지내는 사이가 되었다. 어느 순간부터 우리의 대화에 빠지지 않고 나오는 주제는 바로 '건강'이었다. 점점 몸이 쇠잔해지는 경험담을 쏟아내며 병원과 한의원의 위치를 공유하지만, 정작 운동을 지속하기에는 바쁜 현대인들이었다. "우리 산에 가볼래?" 지금껏 여러 번의 거절로 큰 기대 없이 건넨 나의 말에 둘은 적극적으로 동의했다. 드디어 등산 메이트를 찾았다.

대망의 첫 산행일은 2022년 1월 1일. 목적지는 경복궁 뒤로 화강암의 자태를 드러내는 인왕산(해발338m) 정상이었다. 등산 초보인 우리가 오르기에 험준하지 않은 산 같았다. 종종 SNS에서 서울 시내를 배경으로 인왕산에서 찍은 사진들을 봤고, 바위산에 가본 적이 없기에 한번 가보고 싶은 산이었다.

우리는 가벼운 옷차림을 하고 돈의문 박물관 앞에서 만났지만, 마음은 비장했다. 오랜만에 산에 간다는 설렘과 산세가 험하진 않을까 걱정하는 마음으로 빌라 골목을 따라 은근한 언덕을 오르다 보니 인왕산 둘레길에 도착했다. 한참을 걸어 올라왔는데 이제 시작이라는 생각에 힘이 빠져서 초콜릿 하나를 꺼내 먹고 등산로에 첫발을 내디뎠다. 완만한 흙길을 한참 오르자, 좌측으로 성벽이 이어진 길이 나왔다. 발목 높이였다가 무릎만큼 높아진 계단을 계속해서 성큼 오르자 다리가 후들거리고 숨이 차올랐다. 걸음 멈추고 싶었지만, 뒤따라오는 사람들의 행렬에 밀려 그대로 올라가는 수밖에 없었다. 반갑게 나타난 평지에서 잠시 쉬고 있을 때, 주인을 따라 나온 강아지가 우리 앞을 가뿐히 지나갔다. 그래, 빨리 가는 것이 이기는 것이 아니라 정상에 오르는 모두가 승자 아니겠는가. 먼저 가라 작은 친구여.

산 정상까지 이어진 성벽들은 정상으로 가는 길을 선명하게 알려주었다. 현대에 재건한 것으로 보이는 성벽이 과거에도 같은 자리에 있었다고 생각하니, 조선시대로 돌아간 듯한 기분이 들었다. 오래전에 누군가도 이곳에 서서 경복궁과 남산을 바라보며 서울의 정취를 느꼈을 것이다. 그나저나, 내 몸 하나 오르기 힘든 산에서 옛날 사람들은 이 돌들을 어떻게 옮겼을까? 의문이 들었다.

우리의 시작은 분명 셋이었으나 중간부터 속도 차이가 나서 자연스럽게 흩어졌다. 정상에서 만날 것이라는 믿음으로 각자의 속도대로 정상으로 향했다. 정상에 도착하니 조금 먼저 올라온 연희가 기다리고 있었다. 누구 한 명 체력이 뛰어나지 않고 다들 비등하게 약골이어서 다행이었다. 서로를 챙길 여유 따위 없었지만 적어도 서로에게 짐이 되지 않았다.

SNS에서 봤던 사진 속에서는 다들 여유로운 미소를 지었는데, 나는 눈꺼풀을 들 힘조차 없었다. 산을 오르는 내내 알지도 못하는 사진 속 사람들에게 속은 기분이 들었다. 그래도, 정상에 도착하여 오르막길이 끝났다고 생각하니 어디선가 알 수 없는 힘이 생겼다. '인왕산 정상'이라는 글자가 새겨진 목판을 옆에 두고 나도 환하게 웃으며 사진을 찍었다.

나이 앞자리가 3으로 바뀐 후, 시간의 흐름에 점점 무감각해졌다. 나이를 잘 세지 않아 누군가 내 나이를 물어볼 때면 태어난 연도를 말하는 게 편했다. 한 해를 뜻깊게 여기고, 새해를 기대하며 기다리는 마음도 점점 사라졌다. TV에서 연말 시상식을 보며 카운트 다운을 외치는 일도, 한 해를 돌아보고 신년 계획을 세우는 것도 하지 않는다. 새해 인왕산에 올라 소원을 빌거나 새로운 다짐을 하지 않았다. 그래도, 한 해를 건강하게 시작했으니 올해도 건강하게 살고 싶다는 마음은 어쩔 수 없이 들었다. 산을 오르는 길에 우리언니는 조선시대 양반집 여식처럼 사대문 안에 살면 좋겠다고 했다. 저 밑에 아파트는 얼마나 할까? 우리 모두 서울 땅에 빚 걱정 없이 머리 누울 곳 하나만 있으면 소원이 없겠다.

산에 오르는 이유

인간은 왜 높은 곳에 오를까? 오래전에는 사냥감을 찾고 적의 침입을 경계하기 위한 목적이었을 것이다. 사냥이나 전쟁과 동떨어진 현대이지만, 여전히 사람들은 높은 곳에 오르고 싶어 한다. 오래전에 체득하고 남겨진 습성이거나 생존 본능일 수 있고, 어떤 대상을 통제하고 싶은 욕망인지도 모르겠다.

2022년 5월 청와대 개방 소식은 전 국민의 마음을 봄기운처럼 들

뜨게 했다. 과거에는 쉽게 갈 수 없었던 청와대에 누구나 갈 수 있다는 소식이 연일 뉴스에서 쏟아져 나왔고, 청와대에 다녀와 상기된 사람들의 인터뷰가 이어졌다. 청와대 말고도 과거 일반인 통제 구역이었다가 최근 출입이 허용된 곳이 있다. 청와대 바로 뒤에는 청와대를 보호하듯 우뚝 서 있는 북악산(해발 342m)이다. 북악산은 1968년부터 일반인의 출입이 통제되다가 2005년부터 점차 등산로를 개방해 이번 개방으로 전면 출입이 가능해진 산이다. 이제는 청와대의 춘추관 등산로와 칠궁 등산로를 통해 청와대에서 북악산에 바로 갈 수 있다.

이러한 분위기에 휩쓸려 우리도 북악산에 갔다. 나는 청와대에 들어가서 구경하는 것보다 왠지 모르게 청와대를 한눈에 내려다보고 싶었다. 5월의 화창한 날씨 때문이었는지, 금단의 구역에 저마다 발 도장을 찍기 위함이었는지, 안국역 밖에는 등산 복장을 한 어르신들이 많았다. 삼청로를 걸어서 청와대 쪽으로 가다가 청와대 춘추문에서 담장을 따라 등산로로 들어갔다. 춘추관 등산로의 가파른 경사를 오르자, 평소 잘 사용하지 않던 다리 뒤 근육이 땅겼다. 끙끙대며 올라가는 우리와 달리, 머리 희끗희끗한 부부가 느린 걸음으로 잘도 올라가는 걸 보니, 물리적 나이와 신체적 나이는 다르다는 걸 체감했다.

입구의 CCTV와 곳곳에 남아있는 철책과 초소들은 과거 이곳이 군사 지역이었음을 상기시켜주었다. 가는 길 중간에 사람들이 줄을 서서 사진을 찍는 곳에는 역대 대통령 내외의 식수가 있었다. 작은 쉼터 같은 백악정을 지나 나무계단과 돌계단을 오르니 만세동방 약수터가 나왔다. 바위틈 사이로 물이 흘러나오고, 커다란 암석에 멋들어진 한자가 새겨져 있다. 이곳은 삼삼오오 모여 휴식을 취하거나 약주를 걸치는 등산객들로 왁자지껄했다. 인왕산에서 봤던 성곽과 다르게 깍두기 모양으로 촘촘히 쌓아 올린 성곽길이 나왔고, 좀 더 올라가니 청운대(해발 293m)라는 글자가 새겨진 작은 비석을 발견했다. 정상치고 수월한 느낌이 든다고 했더니 역시 끝이 아니었다.

북악산 정상인 백악마루로 가는 길에 '1.21 소나무'라고 쓰인 안내판 앞을 지나갔다. 1968년 북한 무장 공비들이 청와대를 침입할 목적으로 남파되었고, 경로를 추적하던 남한 군경과 청와대 인근 자하문 초소와 북악산 일대에서 교전이 일어났다. 이 사건으로 무장 공비 28명이 사망하고, 대한민국 군경과 민간인 30명이 사망하였다. 여느 소나무들과 다를 것 없어 보이는 나무에는 그날의 비극이 총알 자국으로 선명하게 남아있었다. 북악산이 군사 지역으로 전환된 것은 이 사건이 일어난 이후부터였다.

정상에 오르니 청운대에 봤던 비석과 비슷한 크기와 모양의 석판에 백악산(해발 342m)이라는 한자가 쓰여 있었다. 저 멀리 북한산이 보였고, 창의문 안내소로 내려가는 길에서는 지난번에 다녀온 인왕산이 보였다. 창의문까지 내려가면서, 이 길로 하산하는 것을 다행으로 여길만큼 끝없이 계단이 이어졌다.

점심을 먹으러 들어간 부암동의 한 식당에서 우리는 음식을 주문하고 말없이 생수를 벌컥 마셔댔다. 지난번 등산과 비교해 수월한 산행이라고 생각했는데 정상에서 찍은 사진을 보니 더위에 열이 올라 얼굴이 벌겋게 나왔다. 그러고 보니 올라가는 데 집중하느라 청와대를 못 보고 지나쳤다. 다음번에 다시 북악산에 가서 청와대를 한눈에 담아봐야겠다.

산에 올라 내려다보는 세상은 평소와 다르다. 한없이 높아 보였던 건물들은 장난감처럼 작게 보인다. 산이라는 거대한 존재 안에서 내 앞을 가로막던 장애물과 문제들은 작아진다. '그까짓 거 뭐라고' 모든 것을 가볍고 덤덤하게 지나칠 수 있는 시야를 갖게 된다. 언제부터 이곳에 존재했는지 알 수 없을 정도로 한 자리를 오래 지킨 산의 역사 앞에서 나의 삶은 짧고 찰나처럼 느껴진다. 산에 첫발을 내딛는 순간, 나의 삶은 다른 시공간으로 들어간다. 현실에서의 복잡한 삶은 사라지고, 산에서의 단순한 삶을 살게 된다. 산에서 다른 생각은 불필요하고 오로지 올라가고 내려간다는 생각뿐이다. 고난의 연속과 같은 삶을 살아가야 하기에, 잠시 산에 올라 숨을 고른다. 내가 산에 오르는 이유이다.

덕통사고

*교통사고를 당하듯 우연한 기회에 강렬하게 특정 분야나 인물에 대한 마니아 되는 것

을 의미하는 신조어[1]

쌍꺼풀 없이 커다란 눈, 귀 뒤를 덮는 검은 머리칼, 뾰족한 턱선이 주는 차가운 인상은 가수보다 배우가 어울리는 얼굴이었다. 우연히 인터넷에서 한 남자의 사진을 봤다. 그가 속한 그룹의 이름은 익히 들어 알았으나 각 멤버의 얼굴을 구별할 정도로 잘 알지는 못했다. 그들은 '방탄소년단' 혹은 'BTS'로 불리는 7명의 청년이었다. 이 그룹에 이렇게 생긴 사람이 있었다니. 마침 그들의 새 앨범이 나왔을 때였고, 나는 사진 속 얼굴을 찾아볼 생각으로 뮤직비디오를 감상했다. 그들은 정확하게 합을 맞춘 동작을 바탕으로 진지하게 감정과 메시지를 표현하려는 것 같았다. 다른 무대 영상도 찾아봤고, 유튜브의 추천 알고리즘이 이끄는 대로 무대 아래에서의 일상, 배낭여행 컨셉의 리얼리티 영상, 자체 제작한 예능 등 그들의 지난 기록물을 틈나는 대로 봤다. 그렇게 방탄소년단에 스며들었다.

그들을 좋아할수록 나의 삶은 좋은 방향으로 가고 있었다. 진정성 있는 음악과 시대를 향한 메시지, 정상에 안주하지 않고 끊임없이 노력하는 모습, 서로를 배려하는 팀워크 등이 내 삶에 자극이 되고 긍정적인 영향을 주었다. 무대나 외적인 요소에 끌려 잠깐 좋아했다 그만둘 수 있었던 마음을 3년 넘게 지금까지 이어갈 수 있는 것은 그들을 좋아하는 내 모습이 괜찮기 때문이다.

1 출처: 동아일보 '[급식체를 아시나요]〈22〉덕통사고…불현듯 푹 빠지다' https://www.donga.com/news/Opinion/article/all/20181002/92220298/1

반대로, 내가 등산하는 이유는 순서가 달랐다. 산에 오르는 일은 나에게 유익했지만, 산 자체에 큰 매력을 느꼈던 건 아니었다. '산'을 좋아하기보다 '산에 오른 나'를 좋아했다. 시원한 공기, 스트레스 완화, 성취감, 건강 등 등산으로 내가 얻게 되는 것들이 좋았다. 그럭저럭 괜찮은 취미 활동이었지만, 얼마나 지속할 수 있을지 장담하지 못했다. 의무감으로 헬스장에 가고 필라테스 수업을 예약했던 것처럼, 호기롭게 시작한 등산도 숙제로 변해 유야무야 그만두었을지도 모른다. 이 산을 만나지 않았다면.

어쩌다 이 산에 가서 이 산의 매력에 빠졌고, 다른 코스에 갔다가 또 매력을 느껴서 다른 산을 찾게 되었다. 나를 출구 없는 등산의 무한 루프에 빠지게 만든 산은 바로 설악산이었다.

처음에는 설악산이 정확히 어디에 있는지조차 몰랐다. 회사에서 한 차례 업무 폭풍이 지나고 9월이 되어서야 뒤늦은 여름휴가를 가게 되었다. 여행지에서 시간을 여유롭게 보내기 위해 휴가 기간에 원격 근무 기간을 덧붙여서 한 달간 어딘가로 떠나기로 했다. 처음에는 제주도로 갈까 하다가 비행기 타는 것이 번거로워 동해안 쪽으로 장기 숙소를 찾아봤다. 스마트폰 앱으로 기간과 적당한 금액대의 숙소를 찾다 보니 강릉에서 주문진, 양양 점점 북쪽으로 올라갔다. 바쁘게 지도 위를 움직이던 손가락이 멈춘 곳은 속초였다. 속초는 뭐가 유명하더라. 예전에 누군가 속초에서 닭강정을 사 와서 맛있게 먹었던 게 기억났다. 속초에 가본 적이 없기에, 내가 속초에 대해 유일하게 아는 것은 닭강정이었다.

한 달간 생활에 필요한 짐이 든 대형 캐리어와 노트북이 든 가방을 들고 속초고속버스터미널에 내렸다. 여름 피서객들이 빠지고 난 한산한 거리에 유독 외국인 여행객들이 눈에 띄었다. 바다가 속초에만 있는 것도 아닌데 왜 여기까지 왔지? 이런 생각을 할 때쯤 그들의 옷차림을 보고 금방 답을 알아차렸다. 자기 몸만 한 배낭을 짊어진 사람들은 오션뷰 리조트를 찾아 속초에 온 게 아니었다. 설악산에 가기 위해 온 백패커backpacker(백팩에 등산 장비나 식량을 넣고 다니며 자유롭게 산야를 거니는 사람 [2])들이었다. 얼마나 멋진 산이길래 외국인들이 이곳까지 찾아오는 건지, 덩달아 기대가 커졌다.

속초 해변과 가까운 곳에 있는 숙소에서 동해와 속초아이대관람차가 보였고, 반대편으로는 저 멀리 병풍처럼 펼쳐진 설악산과 고층 아파트 뒤로 울산바위가 힐끔 보였다. 푸른 산 가운데 불쑥 솟아나 존재감을 뽐내는 울산바위는 멀리서 보는 것만으로 감탄이 터져나왔다.

쉽게 가는 것도 괜찮아

속초에서의 일과는 노트북을 열어 업무를 하다가, 간단하게 끼니를

2 출처:우리말샘

만들어 먹고, 속초 해변에 나가 바다를 보는 것이었다. 평일은 지역 경제가 걱정될 만큼 시내가 한적하다가, 금요일 오후부터 전국 각지에서 여행객들이 몰려와 거리에 활기를 띠었다. 속초해변의 모래사장, 산책로, 카페에는 사람들로 가득 차고, 해변 앞 주차장에는 캠핑카와 캠핑족들이 자리를 잡았다. 중앙시장 먹거리 골목은 발 디딜 틈이 없고 조금이라도 소문난 가게에는 대기줄이 길게 늘어서 있었다. 나도 주말마다 서울에서 가족과 친구들이 찾아와 속초 이곳저곳을 함께 여행했다. 아바이 마을에 가서 순대국밥을 먹고, 동명항에서 제철 회를 먹고, 속초 해변에서 서핑하고, 자전거를 타고 영랑호 주변을 돌기도 했다. 그리고 설악산에도 갔다.

설악산은 1970년 우리나라에서 다섯 번째 국립공원으로 지정되었고, 1965년 천연기념물로 지정된 곳이다. 국제적으로도 그 보존 가치가 인정되어 1982년 유네스코로부터 생물권보전지역으로 지정·관리되고 있는 지역이다. 설악산은 인제군, 고성군, 양양군, 속초시에 걸쳐있는데, 속초시에서 가는 곳을 외설악이라고 부른다.[3]

부모님이 속초에 왔을 때도 함께 설악산에 갔다. 등산에 흥미가 전혀 없던 아빠를 설득해 설악산에 갈 수 있었던 것은 케이블카 덕분이었다. 케이블카를 타고 올라가는 코스는 권금성(해발 699m)이라는 곳

3 출처: 국립공원공단 홈페이지 https://www.knps.or.kr/front/portal/visit/visitCourseMain.do?parkId=120400&menuNo=7020093

이었다. 오전 등산객들이 한차례 다녀가 한가할 것이라는 예상과 달리, 평일 오후 차를 타고 설악산 국립공원 입구 주차장을 들어가는 길부터 한참을 기다렸다. 주차장에 들어가려는 차들이 1차선 도로에 길게 줄지어 옴짝달싹을 못했다. 하는 수 없이 켄싱턴호텔 주차장에 차를 대고 공원 입구까지 한참을 걸어 올라갔다. 매표소에서 표를 끊고 들어가니 케이블카 탑승까지 1시간을 더 기다려야 했다. 케이블카와 산을 배경으로 사진을 찍고 매점에서 해물파전을 먹다 보니 어느새 탑승 시간이 되었다.

케이블카는 한 번에 40~50명의 사람을 실어 날랐고, 승객들은 케이블카 문이 열리자 창가 쪽에 서기 위해 은근한 경쟁을 하며 탑승했다. 케이블카는 천천히 움직이는 것 같더니, 이내 곧 속도를 내며 지상으로부터 빠르게 멀어졌다. 점점 설악산 능선과 가까워졌고, 저 멀리 우뚝 솟은 울산바위도 보였다. 안내 방송을 들으며 유리창 밖의 풍경에 감탄하다 보니 금방 전망대에 도착했다.

전망대에서 위로 더 가면 무엇이 나올지 모른 채, 무언가에 홀린 듯 오른쪽으로 난 길을 따라 올라갔다. 10분 정도를 올라가니 눈앞에 상상도 못 한 광경이 나타났다. 운동장 몇 개는 들어갈 만큼의 넓은 공간에 주름진 바위들이 펼쳐져 있었다. 경사가 점점 가팔라지는 바위산 꼭대기에는 사람의 손이 닿지 않은 듯한 거친 모양의 봉화대가 있었다. 고려시대 때, 권 씨와 김 씨가 성을 쌓았다 하여 권금성이라 불리는 이곳은 현재 성 터만 남았다. 700m 높이 산 위에 쌓은 성의 과거

모습이 궁금했지만, 겹겹의 바위층으로 구성된 기암절벽의 장관을 보는 것만으로 압도되었다.

규칙 없이 봉긋 솟아있는 권금성의 바위들 사이로 설악산의 다른 봉우리들과 저 멀리 공룡능선이 보였다. 누가 하늘까지 높이 솟는지, 누가 더 멋진지 봉우리들끼리 시합을 하는 것 같았다. 해가 능선 뒤로 넘어가고 있었고, 속초 시내가 보이는 반대편으로는 산 그림자가 드리워져 있었다. 내려가는 케이블카의 마지막 시간이 다 되어서 아쉬움을 남긴 채 내려왔다.

쉽고 빠르게 산을 오르내리는 것과 땅을 밟으며 오르내리는 경험에는 분명 차이가 있다. 하지만, 권금성의 장관과 그 위에서 바라본 설악산 봉우리들의 풍경은 그 차이를 채우고 넘칠 만큼 감동적이었다. 예전에는 땀을 흘려야 등산의 의미가 있고 케이블카를 타고 오르는 것이 별로 내키지 않았지만, 권금성에 다녀온 이후 생각이 바뀌었다. 때로는 쉽게 가도 괜찮구나. 흘린 땀에 비해 얻은 것이 많은 산행이었다.

울산바위에 얽힌 이야기

등산 클럽 멤버 중, 마침 일정이 맞는 연희가 속초에 와서 함께 설악산에 갔다. 속초에서 설악산을 가는 코스는 권금성, 울산바위, 비룡폭포, 비선대와 금강굴 그리고 11시간 이상 걸리는 대청봉이 있었다. 우리는 생소한 지명과 코스들을 일일이 인터넷으로 찾아보기 귀찮았고, 큰 고민 없이 유명한 울산바위 코스로 가기로 했다. 편도 2시간이 소요되는 울산바위 코스는 중간에 흔들바위를 지났다. 흔들바위는 매년 만우절에 단체로 바위를 밀어서 떨어졌다는 가짜뉴스에 단골로 등장하는 바위였다. 울산바위도 보고 화제의 바위도 볼 수 있는 안성맞춤 코스였다.

우리는 등산 새내기들이 설악산까지 오고 출세했다고 말하며 의기양양하게 설악산국립공원 입구의 거대한 문을 지나 소공원을 가로질러 갔다. 구름 한 점 없이 가을볕이 온몸에 내려앉는 날씨에, 저 멀리 우뚝 솟은 허연색 울산바위가 선명하게 보였다. 멀리서만 봤던 울산바위를 가까이에서 볼 생각에 발걸음이 빨라졌다.

다리를 건너 숲길을 올라가길 1시간, 흔들바위에 도착했다. 감자 모양 같기도 하고 송편처럼 생긴 커다란 돌덩이가 암석 위에 덩그러니 놓여 있었다. 다들 '혹시'하는 마음에 있는 힘껏 바위를 밀어보지만 '역시' 바위는 흔들리기는커녕 꿈쩍도 하지 않았다. 바위를 미는 전형적인 포즈를 취하며 기념사진을 찍고 잠시 휴식을 취했다. 앞으로 펼쳐질 시련은 알지 못한 채 우리는 한없이 즐겁기만 했다.

울산바위까지 앞으로 1km! 앞서 2.8km도 걸어왔는데 1km쯤이야 하면서 자신만만하게 걸음을 옮겼다. 산행의 패턴이 그렇듯 무한의 계단이 시작되었다. 숨이 차오르고 다리가 무거웠지만, 정상과 가까워지고 있다는 생각으로 힘을 냈다. 이 정도면 앞으로 반쯤 남았겠지 생각할 때쯤, 이정표가 나타났다. [울산바위 800m] 아니 이렇게 힘들게 올라왔는데 겨우 200m 왔다고? 이정표의 숫자를 잘못 본건 아닐까 몇 번을 다시 봤지만 그대로였다. 앞으로 가야 할 길이 한참 남았다는 생각에 사기가 꺾였다. 그래도 울산바위는 보고 내려가야겠다는 생각에 다시 올라가기 시작했다. 아무리 가도 이정표조차 나오지 않아, 내려오는 아저씨에게 앞으로 얼마나 더 가야 하냐고 물었다. 아저씨는 조금밖에 안 남았다고 화이팅을 외쳐주셨다. 얼마 오르지 않아 아저씨의 말이 사실이 아니었다는 것을 깨달았다. 아무리 다가가도 닿을 수 없는 하늘의 달처럼 멀리서 선명하게 보이던 울산바위는 좀처럼 가까워지지 않았다.

돌계단, 철계단, 다시 돌계단을 올라가다 보니 어느덧 숲을 벗어나 시야가 탁 트이는 곳에 이르렀다. 우리는 다른 봉우리들과 시선을 나란히 할 만큼 높이 올라와 있었다. 그때는 어떤 길을 가고 있는지 모른 채 무작정 계단을 올랐는데, 거대한 울산바위의 시작 부분을 오르고 있었던 것이었다. 잠시 뒤를 돌아 청명한 하늘과 그 아래 펼쳐진 장대한 풍경을 카메라에 담고 싶었지만, 아찔한 높이에서 스마트폰을 꺼내는 것조차 조심스러웠다. 계단 틈 사이로 보이는 허공은 바닥까지의 높이를 가늠할 수 없는 곳에 있다고 말해주는 것 같았다. 가느다란 철제 난간에 겨우 몸을 의지하며 조심조심 계단을 올랐다. 그렇게 끝이 보이지 않는 공포의 철계단이 이어졌다.

철계단에서 만나 가벼운 대화로 동병상련의 마음을 나누던 사람들도 하나둘 올라가 버리고 어느덧 거리가 10m 떨어져 있는 두 개의 철계단이 눈앞에 나타났다. 위를 올려다보아도 가파른 계단 위의 상황을 알지 못해 가까이 있는 계단을 선택해 올라갔다. 마지막 계단을 밟고 올라서니 탁 트인 공간이 나왔다. 드디어 계단이 끝나고 울산바위(해발 873m)에 올라섰다. 울퉁불퉁한 바위 위에서 넘어지지 않으려 철제 난간을 잡고 서니, 저 아래로 속초시와 동해가 보였다. 눈앞에 걸리는 것 없이 보이는 풍경과 불어오는 바람에 몸과 마음이 시원했다.

아까 두 계단에서 올라가면 위가 연결되어 있을 거란 예상과 달리, 먼저 올라간 연희가 이곳이 없었다. 다른편 봉우리에 올라 다시 만난 연희는 "울산 바위를 오르는 건지 몰랐어"라고 했다. 나 역시 울산바위를 가까이에서 보고 싶었을 뿐, 꼭대기에 올라가서 보는 건 줄은 꿈에도 몰랐다.

올라오는 길에 간식을 다 먹고 물도 한 모금밖에 남지 않아 내려가는 길이 아득했다. 울산바위 위에 앉아 쉬고 있을 때, 옆에 계신 아주머니가 귤과 바나나를 주셔서 덕분에 힘을 보충했다. 올라갈 때는 끝장을 본다는 생각으로 올라갔고, 내려갈 때는 저녁으로 먹을 숯불 양념 돼지갈비를 생각하며 내려갔다.

내려가는 길에, 위의 상황을 아는지 모르는지 상기된 얼굴로 올라오는 사람들과 마주쳤다. 고난으로 향하는 사람들의 발걸음을 말리고 싶었다. 갓난아이를 아기 띠에 품고 올라가는 외국인 커플도 있었고, 7~8살 아이와 같이 올라오다 결국 아들을 안고 올라오는 아버지도 있었다. 나이도, 국적도, 이곳에 온 이유도 다르지만, 모두가 자발적으로 힘겨운 경주를 하고 있다. 정상이라는 결승점만 있을 뿐 상금도 일등도 꼴등도 없는 이상한 경주였다. 동일한 목표를 향하는 길 위에서, 사람들은 서로 완주할 수 있도록 격려하고 응원할 뿐이었다. 아까 오르던 길에 만나 우리를 응원했던 아저씨의 마음을 이제야 알 것 같았다.

울산바위에 얽힌 설화가 있다. 조물주가 금강산을 만들기 위해 전국 각지의 아름다운 바위를 불렀는데, 금강산으로 향하던 울산바위가 설악산에 이르렀을 때 금강산의 일만 이천 봉이 완성되었다는 소식을 듣고 실망해서 설악산에 자리를 잡았다는 이야기이다.[4] 설악산의 경치가 아름다워서 설악산에 눌러앉았다는 이야기도 있다. 버스를 타고 속초 관광 시장에 가는 길에 저 멀리 울산바위가 보였다. 울산바위에 오르고 난 후, 거대한 몸을 이끌고 태백산맥을 따라 걸어가는 울산바위의 모습이 그려져 혼자 웃음이 나왔다. 그리고 지금도 누군가 결승점을 향해 바위 위를 힘겹게 오르고 있다고 생각하니 마음이 뜨거워졌다.

4 출처: 한국민속대백과사전 https://folkency.nfm.go.kr/kr/topic/detail/5613

산은 언제나 거기에 있어

인간은 과거의 트라우마나 부정적 경험에서 벗어나기 위해 자신의 기억을 왜곡하고 선택적으로 기억을 지우기도 한다. 나 역시 산에 다녀오면 선택적 기억상실증에 걸린다. 올라가는 일은 고역이지만, 정상에 도착하면 극한의 신체활동으로 분출된 아드레날린이 모든 고통을 상쇄시킨다. 시간이 지나 남는 건 정상에서 환하게 웃고 찍은 사진과 하산 후 먹은 음식 사진뿐이다. 힘들었던 과정은 잊고 항상 좋기만 했던 등산으로 기억한다.

글을 기록하면서 즐겁고 아름다웠던 기억만큼이나 고통스러웠던 기억을 꺼내 보았다. 덕분에 좋아하는 등산을 덜 힘들게 하기 위해 평소 운동을 해야겠다고 결심한다. 그리고 사진첩과 머리 속에 자리하고 있는 아름답고 좋았던 기억을 발판 삼아 산을 계속 올라야겠다고 다짐을 한다.

2박 3일로 산을 종주하는 사람들이나 한 달에도 몇 번씩 산에 오르는 사람들에 비해, 고작 몇 번 산에 간 경험으로 감히 산을 좋아한다고 말하기에 조금 부끄럽다. 그래도 나는 나의 속도대로 산을 만나러 갈 것이다. 변함없이 그 자리에 있는 산을.

다음은 어느 산을 만나러 가볼까.

오늘도 거리로 나선다

서남재

서남재

1991년 경상남도 마산에서 태어났다. 컴퓨터공학과를 졸업하고, 늦은 나이에 거리공연을 시작했다. 현재는 서커스 창작자로 활발히 활동 중이다. 인생의 마지막 순간, '잘 놀다 갑니다.'라는 한 마디를 남기기 위해 본인이 가장 좋아하고 즐거워하는 일을 선택했다. 사람들을 좋아하고, 그들이 즐거워하는 모습을 볼 때 본인도 가장 행복하다고 말한다.

인스타그램: @namj_s

전화기

2010년, 전화기가 유행하던 시대이다. 전자과, 화학과, 기계과. 줄여서, 전.화.기. 취업을 잘하기 위해선 이 세 곳 중 하나를 거쳐야 한다. 하지만 나는 컴퓨터공학과에 진학했다. 특별한 이유가 있어서는 아니다. 그냥 점수에 맞춰서 왔다. 어른들은 말한다. 그 과는 미래에 유망하다고. 취업도 잘 된다고. 다들 가본 적도, 해본 적도 없지만 그렇게들 말한다. 정말 안정적인 일인지, 안정적인 것처럼 보이는 일인지, 아직은 모르겠지만 그들의 말을 믿어보려 한다.

입학 첫날, 강의실에 들어서니 나와 비슷한 옷차림의 친구들이 더러 보인다. 뿔테 안경에, 체크무늬 셔츠, 편해 보이는 청바지, 그리고 평범한 운동화. 우리는 평범한 초,중,고를 나와 수능이라는 제도로 순위를 나누고 그 순위에 맞춰서 대학교에 입학한다. 좋아하는 일을 선택하기 보다는 좋아 보이는 일을 선택한다. 어쩌다 좋아하는 일을 찾더라도 미래가 불확실하니 쉽사리 선택하지 못한다. 우리 시대에 '도

전'이라는 단어는 동화에서나 나올법하다.

강의실에 앉아 이런저런 생각을 하다 보니 선생님, 아니 교수님이 들어오신다. 당장 몇개월 전까지만 하더라도 선생님이라는 단어만 입에 달고 살다가 처음으로 '교수님'이라는 단어를 입 밖으로 내뱉으려고 하니 굉장히 어색하다. 고리타분해 보일 거라 생각했던 이미지와 달리 교수님은 젊고 세련된 분이셨다.

첫 번째 수업은 C언어이다. C언어? 컴퓨터 언어를 줄여서 C언어라고 부르는 건가? 영어와 제2외국어도 잘하지 못하는데 컴퓨터언어까지 배워야 하는 세상이 왔다니. 참으로 놀랍다. 가방에서 필기도구와 전공 서적을 꺼냈다. 'C언어, 첫걸음부터' 전공 서적 치고는 꽤 유아틱한 제목이다. 설레는 마음으로 책을 폈다. 역시나 하는 마음으로 다시 덮었다. 재미없어 보이는 서적을 보면서 그냥 남들 하는 것처럼, 남들 하는 만큼만 노력해야겠다고 다짐한다.

교수님은 간단한 소개와 인사를 끝내고 출석 체크를 시작한다. 아는 사람이 한 명도 없다. 그도 그럴 것이 나는 경상남도 마산이라는 곳에서 고등학교를 졸업하고 처음으로 서울에 왔다. 여기도 추가합격으로 붙었다. 그래서 학기가 시작되기 전에 가는 새터(새내기 배움터)도 참여를 못 했다. 이미 새터에서 만난 학우들끼리 수다를 떨며 친목을 다지는 모습을 보니 괜히 부러웠다.

출석 체크가 끝나고 교수님께서 수업 소개를 시작한다. 15분쯤 흘렀을까? 이럴 수가! 교수님께서 벌써 수업을 끝내려 하신다. 오늘은 입학 첫날이라 OT(오리엔테이션)만 하고 수업이 끝이 났다. 매일 이

랬으면 좋겠다고 속으로 생각한다.

재빠르게 강의실을 빠져나와 벚꽃이 흩날리는 벚나무들 사이로 이리저리 쏘다녔다. 나처럼 오늘 처음 학교에 온 듯, 어색하고 수줍어 보이는 친구들도 보이고, 벌써 삼삼오오 모여 다니는 친구들도 더러 보인다. 낭만 있는 대학 생활을 꿈꾸며 사람 구경, 학교 구경을 하다 보니 벌써 다음 수업 시간이다. 강의실을 확인하고 다음 수업들도 차례대로 들었다. 자바, 어셈블리어, 파이썬…, 거기다 물리, 미적분…. 아무리 봐도 나에겐 쓸모없을 것 같은 수업들이 즐비하다. 낭만 있는 대학 생활을 꿈꾸고 있지만 시간표에 적힌 현실적인 수업을 보니 대학 생활이 썩 기대되진 않는다. 그래도 뭐, 하나라도 즐거운 게 있겠지! 이리저리 강의실을 옮겨 다니며 수업을 차례대로 듣고 나니 입학 첫날의 모든 수업이 끝이 났다. 야호~!

하나라도 즐거운 게 있겠지

강의실을 빠져나와 사람들이 움직이는 쪽으로 따라갔다. 발걸음이 멈춘 곳은 학생회관이다. 여기는 카페, 식당, 학과방, 동아리방이 모두 모여있다. 쉬는 시간, 점심시간, 공강 시간이 되면 대부분의 학생은 여기로 모인다. 그나마, 이 캠퍼스에서 가장 재밌는 곳처럼 보인다. 저녁까지는 시간이 조금 남아서 그런지 많은 학생이 모여있다.

학생회관을 구경하며 걷다 보니 어디선가 익숙한 음악 소리가 들린다. '헬로 헬로 헬로 헬로 헬로, 겁먹지 마 네 심장 소리가 들려~ 쉿!' 나도 모르게 흥얼거리고 있다. 음악을 따라 2층으로 올라가 보니 작게 열린 문틈 사이로 춤을 추는 모습들이 보인다. 요즘 유행하는 노래인 〈카라〉의 〈루팡〉이다. 다시 주위를 둘러보니 여러 동아리방이 보인다. 동아리방을 둘러보고 있을 때 누군가가 나를 부른다. 속으로 생각했다. '나를 아는 사람이 한 명도 없을 텐데?' 그녀는 마치 나를 아는 것처럼 부르며 손짓을 한다.

그 손짓에 이끌려 그녀가 있는 동아리방에 들어갔다. 선배인지, 동기인지 모르겠지만 꽤 많은 사람이 모여있었고, 모두 친해보였다. 알고 보니, 입학 전에 선배들이 주최하는 정모와 새터에서 미리 만났다고 한다. 어색한 나와 달리 친구들은 어색함 없이 나를 대해줬다. 30분쯤 흘렀을까? 나는 이미 여기에 동화되었고, 자연스레 가입신청서를 작성했다. 신청서를 제출하고 나니, 나도 여기의 일원이 된 것 같아 묘한 동료애가 생겼다. 아, 그러고 보니, 여기가 무슨 동아리더라? 무슨 동아리인지 확인할 요량도 없이 웃고 떠들고 놀다 보니 저녁 시간이 다 되어갔다. 그리고 자연스럽게 뒤풀이를 가게 되었다. 밖을 나가며 동아리의 이름을 보았다. 미술… 동아리? 아니, 자세히 보니, '마'술 동아리다. 속으로 생각했다. '마술…, 동아리라….'

뒤풀이는 생각보다 재밌었다. 함께 간 동기들뿐만 아니라, 처음 본 동기들도 하나둘씩 모였고, 선배들도 꽤 많이 왔다. 선배들이 보여주는 마술도 술기운 때문인지 더욱 신기했다. 그런 모습을 보니 나도 마술을 한 번쯤은 배워보고 싶었다. 우리는 그렇게, 2차, 3차, 4차를 달리며 막차도 놓치면서 낭만 있어 보이는 대학 생활을 시작했다.

무엇을 해야 할지 잘 모르겠어요

벌써 3개월이 흘렀다. 전공수업은 여전히 재미가 없었고, 가만히 앉아서 컴퓨터를 바라 보는건 언제나 나에게 고역이다. 이상한 영문을 줄줄이 써야 하고, 여러 수식을 계산하고, 알고리즘을 짜야 한다. 게다가 의자에 엉덩이를 붙인 채로 수 시간을 보내야 한다. 그냥 하루 빨리 이곳을 벗어나고 싶다. 공부가 하기 싫은 건지, 이 학과가 나랑 맞지 않는 건지, 그저 놀고만 싶은 건지. 매일같이 잡생각을 하면서 지내고 있다. 반면에, 동아리 활동은 여전히 재미있다. 대학 생활에서 나의 유일한 즐거움이다. 특히, 마술을 배우고 친구들에게 보여줄 때가 가장 좋다. 친구들이 즐거워하는 모습을 보면 괜히 뿌듯하고 행복하다. 전공수업은 종종 빠졌지만, 동아리 활동 만큼은 매일같이 출석하고 있다.

똑같은 생활을 반복하다 보니 기말고사가 성큼 다가왔다. 성적에 딱히 관심이 없었기에 시험공부도 소홀히 했다. 아니, 공부를 열심히 하지 않아서 성적에 딱히 관심이 없었다. 그냥 놀고만 싶다. 중2 때도 오지 않았던 사춘기가 뒤늦게 찾아온 느낌이다. 시험장에 들어서고 시험지를 받아 보았을 때, 역시 아는 문제가 몇 개 없었다. 대부분의 시험장에서 가장 빨리 빠져나왔다. 그렇게 일주일이 흘렀다. 모든 시험이 끝났고 각 과목의 점수가 순차적으로 나왔다. 관심은 없었지만 두려웠다. 스스로 열심히 하지 않은 것인데 결과에 대한 책임이 두려웠다. 그냥 도망가고 싶어졌다.

또다시 일주일이 흐르고. 모든 과목의 점수가 나왔다. 이제는 학점이 나올 차례이다. 학교 홈페이지에 들어가서 학번과 비밀번호를 입력하고 성적 확인창을 클릭했다. 한 과목씩 천천히 로딩되면서 과목별 등급이 나왔다. F, F, D+, F, D, F, F. 그리고 마지막에 학점이 나왔다. 결과는 4.5점 만점에 0.57점, 성적 미달로 인한 학사경고 1회. 예상을 못 한 건 아니지만 예상을 훨씬 뛰어넘는 수준이었다. 꽤 충격을 받았다.

성적표를 확인하고 그 자리에서 바로 학과사무실로 뛰어갔다. 성적을 따지기 위함이 아니었다. 자퇴하기 위함이었다. 끝까지 노력해보지도 않았지만 시간을 되돌려도 그 노력을 하고 싶지는 않았다. 오히려 자퇴를 하라는 계시 같았다. 굳게 닫힌 학과사무실의 문을 두드리며 조심스럽게 들어갔다. 교직원이 무슨 일 때문에 왔느냐고 물어본다. 이전의 다짐과 달리 작은 목소리로 답했다.

"자퇴…를 하려는 데요…. 어떻게 하면 될까요…?"

그녀는 나에게 내가 들어온 문 옆에 놓여 있는 자퇴 신청서를 작성하라고 말했다. 자퇴 신청서를 거의 다 작성했을 무렵, 교직원이 나에게 말을 건넸다. "부모님 동의는 받았어요?" 당연히 부모님에게는 말하지 않았다. 그래서 거짓말을 했다. "네 받았어요.", 교직원이 의심스러운 눈초리로 나에게 다시 물었다. "그러면 부모님 도장 가져와야 해요. 그리고 부모님께 확인 전화드려야 하니깐 전화번호 하나 남겨주세요." 순간 머리가 하얘졌다. 거짓말이 들통났다는 사실만으로 부끄럽기도 했지만, 성인이 되어서도 뭐 하나 내 마음대로 결정하지 못한다는 사실이 참으로 씁쓸했다.

결국, 자퇴는 하지 못했다. 그렇게 방학이 되었고 나는 고향으로 내려갔다. 버스에서 내리자마자 부모님의 일터로 곧장 향했다. 나의 부모님은 내가 갓난아기 때부터 지금까지 어시장에서 일하고 계신다. 제사상에 올리는 반건조 생선을 가공하여 판매하는 일인데 그냥 단순 노동이다. 깨끗한 일도, 쉬운 일도 아니다 보니 어머니는 손발이 자주 저리고, 아버지는 허리디스크와 목디스크에서 벗어나질 못하신다. 그렇게 20년째 묵묵히 일을 하고 있는 부모님을 생각하면, 자퇴를 생각한 나 스스로가 한심하기 짝이 없다.

부모님의 일터에 도착하니 왜 말도 없이 왔냐며 핀잔을 주시지만, 그 말과 달리 반가워하는 부모님의 얼굴을 보니 괜히 씁쓸하고 미안한 마음이 든다. 오랜만에 부모님과 저녁을 먹고 맥주 한잔을 걸치며 이런저런 얘기를 하다 보니 벌써 밤 10시가 되었다. 두 분 다 약간의 술기운에 취해 잠자리에 들러 가셨고, 나도 오늘은 일찍 잠이 들었다.

새벽부터 부스럭 소리가 들려 잠에서 깼다. 시계를 보니 새벽 4시 30분이다. 굳게 닫힌 방문 밖에서 부모님이 일터로 나가시는 소리가 들린다. 나와 달리 그들은 여전히 부지런하고 책임감이 강하다. 현관문이 닫히는 소리를 듣고 방문을 열어본다. 현관 센서 등이 채 꺼지지도 않았다. 부엌에 가서 물 한 잔을 마시고 식탁에 걸터앉아 이런저런 생각, 아니 고민에 빠졌다. 학교를 계속 다니는 게 맞는지, 앞으로 무엇을 해야 할지 걱정되었다. 아직 동이 트지 않은 새벽의 어둠처럼 그저 막막했다. 잠이 깼지만 딱히 할 게 없었다. 나도 옷을 추스르고 부모님의 일터로 향했다.

새벽공기는 꽤 차가웠다. 근 몇 달 간 느껴보지 못한 공기이다. 매일 술에 취해서 집으로 들어갈 때나 맛보던 공기였는데 새벽부터 일터로 가는 공기는 내 발걸음을 더 얼어붙게 했다. 집에서 부모님의 일터까지는 걸어서 15분 정도 걸린다. 일터에 도착하니, 어제보다 더 놀란 얼굴로 잠이나 더 자지 왜 왔냐며 핀잔을 주신다. 본인들이 더 힘들면서 자식이 조금이라도 고생하는 건 참 보기 싫으신가 보다.

부모님과 함께 아침밥을 먹고 커피믹스를 타기 위한 물을 끓였다. 그러면서 솔직하게 말했다. “저 자퇴하려고요. 학교가 저랑 잘 안 맞는 것 같아요.” 부모님은 흠칫 놀라셨다. 그리고 말없이 커피믹스에 물을 따르셨다. 어머니께서 그러면 무엇을 할건지 물어보셨다. 사실, 나도 무엇을 하고 싶은지 몰랐다. 나는 대답했다. “잘 모르겠어요.” 아버지께서는 말없이 커피믹스를 한 모금 마신 후 말씀하셨다. “지금 네 나이에 무엇을 할지 모르겠으면 군대부터 가라.” 이어 말씀하셨다. “아빠는 하고 싶은 것 못하고 이렇게 살고 있지만 너는 하고 싶은 거 하면서 살아라. 그래도 대학은 졸업하고.”

나의 부모님은 두 분 다 고졸이다. 그래서인지 내가 대학에 입학했을 때 그 누구보다 좋아하셨다. 그런 내가 대학교를 자퇴한다고 하니 마음에 많이 쓰였을 것 같다. 마지막으로 말했던 '대학은 졸업하고'가 부모님이 나에게 해줄 수 있는 가장 강한 어조의 부탁이라 생각되었다. 뭐가 맞는 건지, 내 생각에 대한 확신이 없었다. 그래서 아버지의 말씀대로 군대부터 가기로 마음먹었다. '그래, 일단은 군대부터 가자. 그리고 가서 생각하자.' 나는 곧장 입영신청서를 제출했고, 곧바로 군대에 갔다.

못하니깐 재미없는 거야

군대에서 2년은 내 생각을 바꾸기에 충분했다. 나는 공부가 재미없었다. 특히나 전공 공부는 더더욱 흥미가 가지 않았다. 그렇다고 내가 좋아하는 게 무엇인지도 몰랐다. 그냥 '공부는 재미없어. 그리고 노는 건 재밌어. 그래서 나는 놀 거야!'같은 말도 안 되는 이유를 갖다 붙인 채 학교에 다녔었다.

하지만 군대에서 만난 선임들은 달랐다. 그들은 일과가 끝나면 공부하거나 독서를 했다. 그중 한 선임은 영어원서를 매일 읽었다. 한편으로 멋있어 보이기도 했지만, 다른 한편으로는 저게 좋아서 하는 건지 의문이 들었다. 그 선임에게 물어보았다. "김 병장님은 공부가 재밌으셔서 이렇게까지 하시는 겁니까? 아니면 어쩔 수 없이 하시는 겁니까?" 그러자, 김 병장이 나에게 말했다. "뭐, 반반?" 어쩔 수 없이 하는 거는 이해가 되었지만 공부가 재밌다는 말에는 동의할 수 없었다.

그래서 다시 물어보았다. “공부하는 게 재밌으십니까?” 김 병장이 다시 내게 말해주었다. “못하니깐 재미없는 거야. 잘하면 재밌어. 그래서 뭐든지 재밌으려면 잘하면 돼.”

선임의 그 한마디가 군대에서 보낸 2년을 모두 보상받는 값진 한마디였다. 스스로가 부끄러웠다. 그 말을 들은 뒤부터 일과가 끝나면 전공 공부를 하거나 책을 읽기 시작했다. 공부를 하며 이해되지 않는 부분이 있으면 인터넷 강의를 찾아 들었다. 그래도 이해가 되지 않으면 중학교, 고등학교에서 배운 내용들을 다시 읽어 보았다. 미적분, 물리, C언어. 내가 부족하고 재미없던 과목들을 하나씩 다시 공부했다. 선임의 말처럼 하다 보니 재밌어지기 시작했다. 그렇게 시간이 흘러, 고마웠던 나의 선임은 모두 제대했고, 마침내 나도 제대했다. 그리고 나는 학교로 돌아가기로 마음 먹었다.

복학에 앞서, 나는 학기 재수를 선택했다. 0.57점이라는 말도 안 되는 점수로 지난 학기를 마쳤기에 처음부터 시작하고 싶었다. 그래서 23살의 나이에 다시 1학년이 되었다. 새 학기가 시작되었고 강의실에 들어섰다. 3년 전 입학한 첫날의 풍경이 스쳐 지나갔다. 강의실도, 나의 모습도 3년 전과 크게 달라진 건 없었다. 달라진 거라곤 나의 마음가짐뿐이었다.

첫 수업은 역시 30분 채 하지 않았다. 가방을 챙기고 나가려는 순간, 우리 학과의 학생회장과 선배들이 들어 왔다. 1학년 학과 대표를 뽑아야 한다고 설명했다. 하고 싶은 사람이 있는지 물어보았다. 순간적으로 나와 눈이 마주쳤지만 나는 눈을 피했다. 아무도 손을 들지 않아 적막한 시간이 흘러가고 있을 때, 한 선배가 나를 추천했다. 나를 아는 사람이 없을 텐데…? 알고 보니, 선배 무리 중 내 동기가 있었고, 그가 나를 추천했다. 망할 자식. 그렇게 나이가 많다는 이유로 1학년 과 대표가 되었다.

그렇게 또 1년이 흘렀다. 우려와는 달리, 학과 대표도 충분히 잘 수행했다. 동아리 활동도 열심히 했고, 높은 성적은 아니었지만 만족할 만한 학점도 받았다. 4.5점 만점에 3.7점. 지난 0.57점에 비하면, 그야말로 비약적인 성과이다. 그리고 여자친구도 생겼다. 나름 성공적인 한 해였다. 앞으로도 지금만 같았으면 좋겠다고 생각했다. 2학년이 되어서도 내 삶은 크게 바뀌지 않을 거라 생각했다. 하지만 그건 나의 착각이었다.

2학년 1학기가 시작되었고 한 달 채 지나지 않았을 때, 여자친구가 바람이 났다. 그것도 나의 친구와.

나와 그녀, 그리고 그는 같은 학과이다. 그래서 종종 마주친다. 군대에서 마음을 잡고 열심히 해보고자 학교로 돌아왔다. 1년간 열심히 잘 지내왔다. 하지만 이번에는 다른 이유로 학교에 가기 싫어졌다. 강의실에 들어서면 그녀가 있거나, 그가 있거나, 그녀와 그가 함께 있었다. 도저히 수업에 집중할 수가 없었다. 화장실을 핑계로 강의실을 빠져나와 마음이 진정될 때까지 하염없이 걸었다. 수업에 자주 빠지기 시작했고, 학교도 거의 나가지 않았다.

시도 때도 없이 눈물이 흘렀다. 밤이 되면 더욱 생각이 나서 잠을 잘 수가 없었다. 그러다 보니, 4년 전과 다른 이유로 시험공부에 소홀히 했다. 역시나 낮은 학점을 받았다. 1.79점. 이번에도 학사경고이다. 이로써 2번의 학사경고를 받게 되었다. 3번의 학사경고를 받으면 퇴학당한다. 4년 전 못 이뤘던 자퇴의 꿈을 이렇게 이루게 되나 싶었다. 그렇게 방학이 되었고, 나는 또다시 고향으로 내려갔다. 마음을 진정시킬 시간이 필요했다.

학교를 벗어나다

그들의 얼굴을 보지 않으니 조금은 괜찮아졌다. 방학 동안 아르바이트도 하고 친구들도 만나면서 조금씩 그녀를 잊으려 했다. 하지만 개강하고 마주친 그들을 보니 여전히 힘들었다. '사람은 사람으로 잊는다'라는 말이 있지만, 다른 사람을 만나고 싶진 않았다. 그래서 일을 많이 하며 바쁘게 지내려 했다. 수업이 없거나 일찍 끝나는 날에는 알바를 했고, 대외활동도 시작했다. 닥치는 대로 일을 벌이며 바삐 움직이기 위해 스스로를 채찍질했다.

다행히 몸이 힘들고, 바빠질수록 그녀가 점점 잊혀 갔다. 멘토링, 봉사단, 마케터즈, 기업 서포터즈, 연합동아리 등 물불 가리지 않았다. 그저 조금만 재밌어 보이면 모두 시작했다. 중학생을 대상으로 수학을 가르쳤고, 유기견 봉사도 했다. 기업이 제시한 문제를 대학생의 시선으로 해결책을 찾아 새로운 마케팅 지점을 분석하고, 서포팅해

주는 활동도 했다. 그리고 우리 학교의 마술동아리만 머물지 않고, 대학교 연합 마술동아리에도 찾아가 함께 교류하고 배움을 이어 나갔다. 그리고 공모전을 위해 연합동아리에서 만난 3명의 친구와 팀도 결성했다.

팀의 이름은 '꿈달사'이다. 꿈을 배달하는 마술사. 이름에 걸맞게 모두 마술을 좋아한다. 그중 한 명은 마술사라는 타이틀이 어울릴 만큼 마술을 꽤 잘한다. 다른 한 명은 머리가 아주 좋았는데, 기획서와 제안서를 기가 막히게 잘 작성한다. 마지막 한명은 잘생겼다.

팀을 결성하고 처음으로 공모전에 지원했다. 각자의 프로젝트를 해외에서 실행할 수 있게 지원해주는 공모전이다. 가고 싶은 나라를 정하고, 그곳에 가서 무엇을 할 것인지, 왜 하고 싶은지에 대한 것부터 현지 기업과 컨택, 날짜 조정을 포함한 모든 것에 대한 기획안을 제출해야 한다. 그리고 선정되면 모든 비용을 지원해준다.

우리의 기획안은 '글로벌 재능 나눔 프로젝트'이다. '우리가 가진 재능을 통해 전 세계 아이들에게 행복한 순간을 만들어 주자'라는 취지이다. 최근에 한 다큐멘터리를 보았는데 필리핀의 톤도 지역에 대한 내용이었다. 톤도는 일명 '쓰레기 섬'으로 불렸고, 세계 3대 빈민촌으로 소개되었다. 1954년부터 마닐라 각지에서 모인 쓰레기가 쌓이면서 척박한 환경이 되었다고 한다. 우리는 그곳의 어린이들에게 마술을 보여주고 싶었다.

가고 싶은 나라도 정해졌고, 그곳에서 무엇을 할지도 정해졌다. 어느 정도 가닥이 잡힌 후, 현지 선교사에게 연락했다. 너무나도 반가워

했고, 우리의 방문을 환영했다. 선교사님이 소개해준 다른 교회와 학교도 순차적으로 연락을 드렸다. 톤도 지역의 한 초등학교 교장 선생님이 말씀하시길, 그곳의 아이들은 태어나서 단 한 번도 마술을 본 적이 없다고 하셨다. 이어, 꼭 와주면 좋겠다고 말씀하셨다.

우리는 기획서를 열심히 썼고, 필요한 것들을 하나씩 준비했다. 모든 준비를 끝마치고 기획안을 제출했다. 선정되지도 않았지만 벌써 설레었다. 일주일 후, 톤도에서 선보일 마술을 연습하고 있을 때 공모전 결과가 나왔다. 1차 서류는 합격이다. 이제 2차 면접을 준비할 차례이다. 면접은 자신 있었다. 작성한 기획안을 토대로 누가 발표를 할 것인지, 어떤 역할을 맡을 것인지, 그리고 마술을 보여줄지 말지, 보여준다면 어떤 마술을 보여줄 것인지 함께 의논하고 하나씩 준비했다. 2차 면접 날이 되었고 우리는 의기양양하게 면접실로 들어갔다.

면접은 꽤 잘 보았다. 다들 맡은 바에 최선을 다했다. 필리핀의 선교사님과 교장 선생님들에게 다시 연락을 드려 일정을 확정 짓고 세부적인 사항들을 하나씩 조율했다. 모두가 들뜬 마음으로 그날을 위해 마술을 연습했다. 이제 결과만 기다리면 된다. 또다시 일주일이 흘렀고 면접 결과가 나왔다. 최종 탈락. 어떤 이유 때문인지는 몰라도 우리는 최종적으로 떨어졌다. 섣부른 판단과 행동이 부끄러워졌다. 역시 인생은 원하는 대로 흘러가지 않는구나.

우리는 고민이 되었다. 그리고 약속했던 순간들이 스쳐 지나갔다. 서로가 같은 마음이었는지, 우리의 말에 책임을 지고 싶었다. 그래서 결심했다. 어떻게 해서든 약속을 지키기로. 무엇보다 함께라면 즐거울 것 같았다. 그리고 충분히 가치 있는 일이라 생각했다. 한 달 후, 우리는 자비를 털어 필리핀의 톤도로 향했다.

톤도의 환경은 그 어디보다 어두웠다. 하지만 그곳에서 만난 아이들은 그 누구보다 밝았다. 우리가 연신 신기했는지 똘망똘망한 눈으로 쳐다보다, 우리와 눈이 마주치면 부끄러워 선생님의 바짓자락을 붙자고 뒤에 숨어 버린다. 아주 작은 마술에도 눈이 휘둥그레지고, 음악이 나오면 흥얼거리고 함께 춤을 췄다. 연신 박수를 치고 함성을 지른다. 우리의 재능을 나눠주러 갔지만, 오히려 그들에게서 큰 에너지를 받았다. 속으로 생각했다. '누군가를 행복하게 해주는 것도 꽤 큰 즐거움이구나.'

즐거웠던 공연과 달리 톤도에서의 생활은 순탄치 않았다. 자비로 왔기 때문에 항상 돈이 부족했다. 좋은 숙소에 묵을 수도, 좋은 밥을 먹지도 못했다. 어느 숙소는 문을 열고 들어가면 먼지가 수북이 쌓여 있었고, 바퀴벌레가 돌아다녔다. 우리는 식사비용을 아끼고자 노상에서 파는 비닐봉지 밥(?)을 사서 먹고, 한화로 100원도 안 하는 보라색 빵도 먹었다. 빵 색깔이 진짜 보라색이다. 언뜻 봐도 몸에 안 좋아 보인다. 망고도 많이 먹었다. 그나마 망고는 싸서 정말 원 없이 먹었다. 이곳은 관광지가 아니다 보니 한국인은 드물었다. 그래서 한국 사람을 만나면 내심 반가웠다. 대부분은 그곳에서 거주하는 사람들이었는데, 우연히 만난 한국인 아저씨는 우리에게 3분 카레, 3분 짜장, 라면, 햇반을 엄청 많이 주셨다. 타지에서 먹는 인스턴트 음식은 말로 설명할 수 없을 정도로 맛있었다. 이 얼마 만에 먹는 제대로된(?) 음식인가!

필리핀에서의 일정이 모두 끝날 무렵, 잘생긴 형만 말레이시아로 갔고, 우리는 한국으로 돌아갔다. 잘생긴 형은 우리 중에 유일하게 마술로 버스킹을 하고 있다. 지금은 버스킹으로 세계 일주 중이다. 그 형의 꿈은 할아버지가 되어서도 놀이터에서 놀고 있는 아이들에게 작은 마술을 보여주고 싶은 거라고 한다. 참 낭만 있다. 그리고 멋있다. 나도 막연하게 그런 꿈을 가져보고 싶다는 생각을 해본다.

한국으로 돌아와 우리는 다시 일상으로 돌아갔다. 하지만 마음 한편에 필리핀에서의 감흥이 여전히 남아있었다. 누군가의 미소와 웃음을 다시 한 번 보고 싶었다. '그래, 지금 아니면 언제 해보겠어.' 이참에 버스킹을 해보고자 마음먹었다. 하지만 혼자서는 도저히 엄두가 나지 않았다. 마침, 꿈달사에서 마술을 잘하는 친구도 버스킹의 꿈을 가지고 있었다. 우리는 그렇게 서로에게 의지한 채 버스킹을 시도해보기로 마음먹었다.

거리로 나서다

버스킹 : '길거리에서 공연하다'라는 의미의 버스크(busk)에서 유래된 용어로 거리에서 자유롭게 공연하는 것을 뜻한다. 버스킹하는 공연자를 버스커(busker)라 부르며 버스커들은 거리 곳곳에서 관객

과 소통하며 공연한다.

- 위키백과

버스킹을 하고 싶다는 생각만 했을 뿐 버스킹에 대해서 아는 건 하나도 없었다. 다행인 건, 꿈달사의 잘생긴 형이 버스킹을 하고 있었다. 그에게 어떻게 해야 하는지 물어보았다. “그냥 음악을 틀고 준비한 공연을 하면 돼.” 말은 쉬웠다. 하지만 버스킹이 처음인 우리에겐 음악은 뭐로 틀어야 하고, 어떤 스피커를 사용해야 하고, 공연은 어떻게 만들어야 하는지 모든 게 막막했다. 그렇다고 별다른 방법이 있진 않았다. 그냥 부딪혀 보는 수밖에.

버스킹을 준비하면서 내가 잘 하는게 없다는 사실을 체감했다. 어렸을 때 태권도를 배웠지만 버스킹에서 써먹을 수 있어 보이진 않는다. 고등학생 때는 춤도 잠깐 배웠지만 남들 앞에서 춤출 수 있을 정도는 아니다. 대학에 와서 마술동아리에 들어갔지만, 마술을 잘하진 못한다. 모든 게 잔재주에 불과했다. 나는 단지 사람들 앞에서 말하는 걸 좋아하고, 나서는 걸 크게 두려워하진 않을 뿐이었다. 그나마 다행인 건 함께하는 친구가 마술을 잘하는 편이었다. 그래서 그 친구의 주도하에 우리는 함께 연습해 나갔다. 서로의 부족한 부분을 조금씩 채워주고 서로에게 의지한 채 합을 맞추었다. 날씨가 조금 쌀쌀해진 늦가을의 토요일, 완벽한 준비는 되진 않았지만 우리는 거리로 나섰다.

공연 짐을 바리바리 싸들고 지하철을 타고 우리가 도착한 장소는 뚝섬한강공원이다. 저번 주에 친구들과 이곳에 놀러 왔는데 사람이 꽤 많았다. 단지 그 이유 하나 때문에 우리는 이 장소를 선택했다. 적당한 곳에 우리의 도구를 펼쳐 놓았고, 스피커에 휴대폰을 연결했다. 서로 눈을 마주치며 의지를 다졌고, 음악을 틀었다.

비장하게 서 있는 우리를 보며 사람들이 조금씩 모이기 시작했다. 속으로 너무 떨려서 관객들의 눈을 쳐다볼 수가 없었다. 수없이 연습했건만 머릿속이 하얘졌다. 음악은 계속 흘러갔고, 나는 아무것도 하지 못한 채 멍하니 서 있었다. 당황스러운 순간에 친구가 내 어깨를 치며 눈빛을 보낸다. '정신 차려' 다시금 마음을 잡고, 준비한 것들을 하나씩 선보였다. 실수가 연발했고, 서로 동선이 꼬여 부딪히기도 했다. 그런 엉망진창인 모습을 보면서 관객들도 하나둘씩 떠나갔다. 공연이 끝나갈 때쯤에는 아무도 남아있지 않았다.

첫 공연은 그렇게 대실패로 끝이 났다. 문제점은 명확했다. 긴장도 많이 했고, 연습 부족도 맞다. 하지만 이렇게 포기할 순 없었다. 우리를 찍었던 영상을 보면서 하나씩 점검했다. 그리고 다시 합을 맞춰보았다. 머릿속으로 어느 정도 정리가 되었을 때 우리는 다시 의기투합하여 두 번째 공연을 선보였다. 공연이 끝날 때쯤에 다행히도 이번에는 두 명의 관객이 남아있다. 우리는 조심스럽게 모자를 내밀었다. 하지만 그와 동시에 그 둘마저도 모두 떠나버렸다.

버스킹에는 팁 문화가 있다. 공연을 재밌게 본 관객은 공연자에게 소정의 팁을 낸다. 마술이나, 저글링으로 버스킹을 하는 공연자는 보통 모자로 팁을 받는다. 그래서인지 해외에서는 이를 '햇라인'이라고 부른다. 우리도 공연이 끝이 나고 조심스럽게 모자를 내밀었지만 역시나 쉽지 않다. 마지막으로 딱 한 번만 더해보자는 생각으로 다른 장소로 발걸음을 옮겼다. 여기서 포기하면 버스킹을 영영 하지 않을 것 같았다. 짐을 정리하고 다시 지하철을 탔다. 우리는 마지막이 될지도 모를 다음 공연을 열심히 해보고자 다짐했다. 우리가 도착한 곳은 신촌이다

신촌은 뚝섬한강공원보다 유동 인구도 많고 버스킹이라는 문화에 좀 더 열려있는 장소처럼 보였다. 예상대로 사람들이 훨씬 많았고, 주말이라 그런지 차 없는 도로를 시행하고 있었다. 춤을 추며 버스킹을 하는 팀도 있었고, 밴드음악을 하며 버스킹을 하는 팀도 있었다. 그곳엔 이미 많은 사람이 몰려있었다. 내심 부러웠다. 부러움을 뒤로한 채 우리가 공연할 장소를 탐색했다. 현대백화점 옆에 괜찮은 공간이 있었다. 그곳에 자리를 잡고 준비를 끝낸 후 음악을 틀었다. 뚝섬보다 훨씬 많은 사람이 몰렸다. 마지막까지 잘 끝낸 후, 이번에도 조심스레 모자를 내밀었다. 한 관객이 지갑에서 천 원짜리 한장을 꺼내어 우리의 모자에 넣어 주었다. 막상 팁을 받으니 어안이 벙벙해졌다. 이 팁을 받아도 될지 미안하기까지 했다. 그런 생각과 달리 겉으로는 연신 감사하다는 말을 건넸다.

천 원이 누군가에게는 많을 수도 누군가에게는 적을 수도 있지만 우리에겐 중요하지 않았다. 그저, 우리의 공연이 인정을 받은 느낌이었다. 사실, 공연에 대한 인정보다는 응원에 가까웠다. 그리고 그 응원이 우리에게는 꽤 큰 의미로 다가왔다. 겨우 세번 밖에 공연을 하지 않았지만 우린 녹초가 되었다. 피곤한 몸을 이끌고 각자의 집으로 향

했다. 몸은 힘들지만 꽤 만족스러운 하루이다.

날이 지날수록 우리의 실력도 늘었고 공연도 다듬어졌다. 그러다 보니 이전보다 많은 사람이 발걸음을 멈추어 우리의 관객이 되어주었고, 박수와 환호도 많이 받았다. 그리고 팁을 내는 관객도 조금씩 늘었다. 버스킹을 시작하면서 꿈달사의 프로젝트도 꾸준히 진행했다. 필리핀 톤도를 시작으로 베트남과 부탄도 다녀왔다. 다행히 두 나라 모두 공모전에 선정되어 모든 지원을 받을 수 있었다. 거리공연이 점점 더 좋아지기 시작했고 오랫동안 하고 싶어졌다.

학교생활도 큰 문제는 없었다. 보기 싫었던 그들도 결국엔 헤어졌다. 한명은 유학을 갔고, 한명은 휴학을 했다. 학교생활도 나름 재밌었지만 버스킹이 훨씬 더 재밌었다. 나는 사람들이 좋았고, 그들이 즐거워하는 모습을 볼 때 행복했다. 그런 점에서, 거리공연은 나의 천직 같았다. 다시 휴학을 고민했다. 이번엔 하고 싶은 일을 하기 위해서였다. 3학년을 끝마치고 방학이 되었다. 오랜만에 고향으로 내려갔다. 이번에도 부모님의 일터로 곧장 향했다. 날씨가 추운 탓에 연신 입김을 내며 일하고 계신 부모님이 저 멀리서부터 보였다. 나를 발견하곤 반갑게 맞이해 주신다.

부모님의 얼굴을 바라보니, 문득 5년 전에 처음으로 자퇴 얘기를 꺼냈을 때가 생각난다. 시간이 많이 지나서인지 부모님의 눈가와 입가에 주름도 많아지셨다. 부모님께서는 어시장 일이 너무 힘들어서 내가 졸업할 때까지만 할 거라고 말씀하신다. 그리고 나에게는 힘든 일 하지 말고 안정적인 직장을 다니면서 평범하게 살았으면 좋겠다고 말씀하신다. 차마 휴학을 할 거라는 얘기가 입 밖으로 나올 수 없었다. 처음으로 부모님을 위한 꿈과 나를 위한 꿈에 대한 고민이 생겼다.

그날 밤, 방에 누워 유리창을 바라본다. 유난히 달이 밝았다. 다시 천장을 바라본다. 생각이 생각에 꼬리를 물어 고민이 되었다. 내 선택이 맞는 건지 의문이 들었다. 불안하더라도 하고 싶은 일을 하면서 살아가는 게 맞는 건지, 안정적으로 일하면서 취미로 하고 싶은 일을 하는 게 맞는 건지 도무지 알 수가 없었다. 사실 둘 다 맞는 말 같았다. 단지, 용기가 없었다. 그리고 잘 할 수 있을지 자신이 없었다. 유리창에 비친 달이 조금씩 희미해져 갈 때쯤 나는 잠이 들었다. 그리고 며칠간 고향에서 머무르다 결국 아무 얘기도 하지 못한 채 서울로 돌아갔다.

잘 놀다 간다

오랜만에 친구들과 만나 술 한잔을 마셨다. 대학교에 입학하고 처음으로 나를 반겨주었던 친구들이다. 벌써 7년이라는 시간이 흘렀다. 이미 취업을 한 친구도 있고, 대학원에 진학한 친구도 있다. 나머지는 모두 취업 준비를 하고 있다. 취업과 대학원이 아닌 다른 일을 하는 친구는 없다.

평범한 초,중,고를 나와 수능이라는 제도로 순위를 나누고 그 순위에 맞춰 대학교에 들어왔다. 대학교에 와서도 크게 달라지는 건 없었다. 또다시 학점이라는 제도로 순위를 나누고 그 순위에 맞춰 취업해야 한다. 좋아하는 일보다 좋아 보이는 일을 선택하고, 불안한 삶보다는 안정적인 것처럼 보이는 삶을 선택한다.

대학 생활을 돌이켜 보았다. 공부가 하기 싫어 자퇴를 고민했고, 자퇴를 할 수 없어 휴학 후 군대에 갔다. 군대에서 만난 좋은 선임들 덕분에 다시 정신을 차리고 복학했다. 하지만 여자친구와의 이별로 인해 힘듦을 겪고 대외활동을 시작했다. 수많은 대외활동을 하며 만난 사람들과 경험 덕분에 내가 좋아하는 일을 찾을 수 있었다. 좋아하는 일은 찾았지만 어른들의 말처럼 미래가 불확실하니 쉽사리 선택하기가 망설여진다.

내가 좋아하는 건 단순히 '공연하는 행위'가 아니다. 나는 사람들이 좋았고, 그들이 즐거워하는 모습을 볼 때, 나 또한 행복했다. 단지, 내가 사람들을 즐겁게 해줄 수 있는 일이 공연이었을 뿐이다. 지금 친구들과 술 한 잔 마시는 이 자리도 나에게는 행복이다. 나의 시답지 않은 농담에 박장대소하며 웃는 친구들을 보며 오늘도 행복하다. 행복한 순간과 달리 취업 걱정, 진로 걱정으로 마음 한편에는 불안함이 가득 차 있다. 그래도 애써 미소를 지어본다.

아쉬운 술자리를 끝내며 우리는 하나같이 말했다. '잘 놀다 간다~! 다들 새해 복 많이 받아! 내년에 또 보자!' 우리는 그렇게 웃으며 헤어졌다. 집으로 가는 버스에 올라 창문에 비친 달을 바라보며 혼자서 중얼거려본다.

'잘 놀다 간다라….'

다음 날, 어제 중얼거렸던 말을 곱씹어 보았다. '잘 놀다 간다….' 나이가 들면 언젠간 죽음을 맞이할 텐데, 죽기 전에 남기는 한 마디가 '인생아 참 재밌었다~! 잘 놀다 간다!'라면 꽤 낭만적인 인생이라는 생각이 들었다. 돌이켜 보면, 나는 이와 비슷한 삶을 살고 있었다. 어떤 일이든 재밌어 보이면 시작했다. 하다가 재미없으면 그냥 싫증을 내고 그만두었다. 남들은 하나라도 진득하게 해보라며 나에게 핀잔을 주었지만 내가 좋아하는 일을 찾아가는 과정이라 생각했다. 하지만 앞으로도 이렇게 살아갈 수 있을지는 자신이 없었다. 그렇게 몇 날 며칠을 고민했다. 결국 결론을 내리지는 못했다. 그래서 아버지의 7년 전 조언처럼 끝내야 하는 것부터 해결하기로 했다.

나는 졸업을 위해 학교로 돌아갔다. 4학년이 되면 본격적으로 졸업 준비를 시작한다. 기본적으로 해야 할 수업과제와 시험공부를 제외하더라도, 영어점수가 필요하고, 종합설계라 불리는 졸업작품을 만들어야 한다. 4년간 컴퓨터공학과에서 배운 내용을 토대로 프로그램을 만드는 것인데, 보통은 팀을 꾸려서 아이디어를 내고, 프로그램을 개발하고, 발표까지 수행한다.

현실이라는 벽 앞에서 하고 싶은 일을 하기에는 시간이 너무 부족했다. 공강 시간에는 과제를 해야 하고, 영어학원을 다니며 토익 공부를 해야 한다. 졸업작품을 위해 팀원들과 틈틈이 모여 아이디어 회의를 하고, 시험 기간이 다가오면 시험공부도 해야 한다. 여유가 생기면 어김없이 과제가 생긴다. 마감 기한이 다가올 수록 압박감에 시달려 다른 일은 엄두도 낼 수가 없다. 그렇게 숨 막히듯이 한 학기를 보냈다.

방학이 되니 숨통이 트이는 듯했다. 그러던 어느 날, 공모전 하나가 눈에 띄었다. 꿈을 위한 활동에 지원해주는 공모전이었다. 마음 한편에 공연에 대해 아쉬움이 여전히 남아있던 나는 곧바로 지원서를 작성했다. 내가 작성한 내용은 거리공연의 꿈을 안고, 세계에서 가장 큰 예술축제라 불리는 '에든버러 프린지 페스티벌'에 가는 것이었다. 매년 8월에 3~4주 동안 개최되는데, 수천 명의 공연자가 이곳에 몰려 수많은 극장과 거리에서 공연을 선보인다. 가장 큰 예술축제인 만큼 실력 있는 공연자가 많이 모인다. 예전부터 가고 싶었지만 유럽이고, 성수기다 보니 항공권과 숙소가 꽤 비싸다. 그래서 항상 사진과 영상으로만 접했다. 들뜬 마음으로 최선을 다해 준비하고 지원했다.

이 주일이 지나, 서류에 합격했다는 문자를 받았다. 이틀 뒤 이어서 면접을 보았다. 면접도 무사히 끝나고 결과를 기다렸다. 그렇게 시간이 지나, 문자 한 통이 왔다. '최종적으로 선정되었습니다.' 나는 들뜬 마음으로 비행기와 숙소를 예약했다. 그리고 한 달 뒤, 비행기에 몸을 실었다. 여전히 꿈만 같았다.

에든버러는 이미 발을 디딜 틈도 없이 많은 관광객이 모여 있었다. 우리나라에서 보기 힘든 외관의 건물들과 아름다운 거리는 나의 눈을 즐겁게 해주었다. 그리고 이미 곳곳에서 해외공연자들이 거리공연을 하고 있었다. 가장 처음 본 공연은 아주 높은 테이블 위에서 3개의 칼을 돌리고 있는 저글링이다. 영어로 계속 말을 하면서 공연을 이어 나갔는데 구경하고 있던 관객들의 웃음이 멈추질 않았다. 무슨 말인지 알아듣진 못했지만 나도 같이 따라 웃었다.

또다시 거리를 걷다 보니, 멀리서 봐도 이쁜 의상을 입은 공연자가 보였다. 가까이서 보니, 광대공연이다. 흔히 알고 있는 알록달록한 삐에로 느낌이 아닌 연보라색 톤의 의상과 동화에 나올법한 파스텔톤의 소품들이 눈에 띄었다. 말을 하지 않고 표정과 몸짓으로만 이루어진 공연이었는데, 신기하게도 모두 이해할 수 있었다. 대단한 기술을 선보이지는 않았지만 공연을 보고 있는 모든 사람이 그 광대에게 사랑에 빠졌다. 그만큼 아주 매력적인 공연이었다.

동양인 공연자도 있었다. 일본인이었는데, 만화 속 캐릭터인 손오공의 의상을 입고 있었다. 의상에 걸맞게 엄청난 기예를 선보였다. 키가 큰 관객 2명과 어린이 관객 1명을 불러 세운 후, 2명의 어른 관객을 서로 머리를 맞댄 채 거리에 눕혔다. 그런 후 물구나무를 선 상태로 눕혀진 관객 위를 걸어갔다. 도착 지점에는 어린이 관객이 서 있었는데, 다리를 땅에 닿지 않은 채 손으로만 무게 중심을 잡고 몸을 접어 어린이 관객의 다리 사이를 지나갔다. 정말 말도 안 되는 기예였다.

2주일 동안 매일 공연을 보았다. 거리공연뿐 아니라, 극장공연도 보았다. 공연을 보다 보니, 공연이 하고 싶어졌다. 꿈만 같았던 2주일은 너무나도 빨리 흘렀고, 아쉬움을 뒤로한 채 한국으로 돌아왔다. 한국으로 돌아오니 다시 현실을 마주하게 되었다. 토익학원에 다니기 시작했고, 졸업작품의 마감 기한이 가까워짐에 따라 주 2회씩 팀원들을 만났다. 그리고 프로그램 개발을 시작했다. 공강 시간이 되거나 수업이 끝나면 과제나 시험공부를 했다. 특별한 것 없는 평범한, 어쩔 수 없이 해야 하는, 그런 삶을 이어 나갔다. 하다 보니, 이 삶도 나쁘진 않았다. 역시나 바빠지니 다른 생각을 할 틈도 사라졌다. 그렇게 나는 가슴 속에 묻어둔 아쉬움은 조금씩 사라져갔다.

토익점수도 가까스로 졸업기준에 맞췄고, 개발도 순차적으로 잘 되어가고 있었다. 그러던 어느 날, 우연히 서울에서 거리예술축제가 열린다는 소식을 들었다. 한국에서 거리예술축제가 있는지 전혀 몰랐다. 알고 보니 2003년부터 축제가 시작되었고, 2013년부터 거리예술로 특화된 축제로 자리 잡았다고 한다. 2016년부터 축제의 이름이 '서울거리예술축제'로 변경되어 이어오고 있다고 전해 들었다. 거리예술이 뭔지는 모르지만 막연하게 버스킹처럼 거리에서 하는 공연이라 생각했다. 하지만 '거리예술'이라는 단어가 주는 압도감이 어느 정도 있었기에 그곳에서 선보이는 공연들이 내심 궁금했다. 그리고 서울에서 한다고 하니 가벼운 마음으로 보러 갔다.

축제는 서울시청 앞 광장에서 열렸다. 우리나라 공연뿐 아니라, 해외에서 초청된 공연도 꽤 많았다. 시간표에 따라 순차적으로 공연을 보았다. 다음 공연 장소로 이동하니 스페인에서 온 공연자가 시작할 차례였다. 이미 많은 관객들이 자리를 잡아 앉아 있었다. 나도 얼른 자리를 잡았다. 공연시간이 다가오고 시작을 알리는 안내 멘트가 나왔지만 아무런 음악도, 어떤 배우도 등장하지 않았다. 이상함을 느끼고 있던 찰나에, 우리의 뒤쪽에서 커다란 나무기둥을 어깨에 맨 채 한 배우가 등장했다. 나무기둥이 어깨에서 떨어질 듯, 말 듯 아슬아슬하게 무대 가운데까지 걸어왔다. 그러면서 그 나무 기둥을 사용하여 본인이 준비한 장면들을 하나씩 선보였다. '설마 저걸 해? 에이 설마!' 라는 말이 연신 나왔다. 관객을 놀리기도 하고, 관객과 함께 놀기도 하고, 관객의 힘을 빌리기도 했다. 장장 40분이라는 시간동안 음악도 없이, 말도 없이 공연이 이어졌다. 하지만 전혀 지루한 틈을 느끼지 못했다. 나는 꽤 충격을 받았다. 그리고 막연하지만 이런 공연을 만들어 보고 싶었다. 처음으로 공연을 해보고 싶다가 아닌 좋은 공연을 만들어보고 싶었다. 아주 단순한 형식의 공연이었지만 지금껏 보았던 모든 공연들 중에서 가장 가슴 깊이 남았다. 말로는 설명할 수 없는 감각들이 깨어난 느낌이었다.

그날의 기억과 감정은 꽤 오랫동안 가슴속에서 잊히지 않았다. 하지만 여전히 현실적인 숙제들이 남아 있었다. 나는 졸업 준비를 마저 했다. 프로그램 개발을 완료했고, 마지막 시험을 보았다. 졸업을 위한 보고서를 작성하고 결과 발표도 무사히 끝냈다. 그리고 마침내 졸업장을 받았다. 6년간의 대학 생활이 마침표를 찍는 순간이었다. 그리고 이제 진짜 현실을 마주하게 되었다. 취업을 할 것인지, 아니면 거리로 나갈 것인지.

그래, 일단 해보자

졸업을 하자마자 부산으로 내려갔다. 기숙사 방을 빼야 했고 딱히 지낼 곳이 없었다. 마침 그 시기쯤에 꿈달사 멤버 중 2명이 해운대에서 창작 작업을 하고 있었다. 나는 그들 곁에서 잠시나마 얹혀 지내볼 심산이었다. 동서울 터미널에서 버스에 올라 한숨 자고 나니 해운대 수도권 버스터미널에 도착했다. 오후 7시였다. 부산에 왔으니 내가 가장 좋아하는 따뜻한 국밥 한 그릇을 뚝딱 먹었다. 국밥을 깨끗이 비워낸 후 밖을 나와 바닷가로 향했다. 파도에 밀려온 바람이 꽤 날카로웠다. 차가운 모래바람을 맞으며 바닷가를 거닐었다.

나에게 물었다. '지금 취업하고 좋아하는 일을 나중에 하면 어떨까?' 나는 답했다. '잘 모르겠어.' 다시 물었다. '지금 좋아하는 일을 한다면, 나중에 후회할까?' 나는 답했다. '후회 안할 것 같아.' 여러 차례 질문하고 답하기를 반복했다. 나는 점점 하고 싶은 일은 지금 해야겠다는 쪽으로 마음이 기울었다. 하지만 현실적인 문제가 여전히 남아 있었다.

좋아하는 일을 하면서 먹고사는 것은 꽤 이상적이다. 살아가면서 우리는 밥도 먹어야 하고, 잠잘 곳도 필요하고, 옷도 사 입어야 한다. 한 번씩은 친구들과 만나 술 한잔도 마셔야 한다. 좋아하는 일을 하는 것과 좋아하는 일로 먹고사는 것은 완전히 다른 문제이다. 아무리 좋아하는 일이라도 현실적으로 살아갈 수 없다면 고통스러운 삶이 될 것이라 생각했다. 그러다 보니 한편으론 좋아하는 일을 해야겠다고 다짐하면서도 현실적으론 그렇게 살아갈 수 있을지에 대한 걱정도 끊임없이 들었다.

낭만과 현실 사이의 간극을 좁힐 필요가 있었다. 공대의 사고방식이 아직은 남아있었기에 현실적으로 다시 생각해 보았다. 내가 좋아하는 일을 하면서 살아갈 수 있는 최소한의 생활비가 궁금했다. 만약 친구들도 만나지 않고, 먹고 싶은 것도 덜 먹고, 사고 싶은 것도 덜 사면서 최소한으로 아끼며 살아간다면 한 달에 얼마가 필요할지 계산해 보았다. 130만 원. 최소한으로 아끼면서 살아간다면 130만 원이 필요하다는 계산이 나왔다. 그렇다면, 거리공연으로 적어도 130만원만 벌 수 있으면 현실적으로 이 일을 시작은 해볼 수 있을 듯했다. 그래서 스스로에게 조건을 내걸었다. '세 달 안에 공연으로 이 정도의 수입을 얻지 못한다면 깔끔하게 포기하자.' 어느 정도의 계산이 서니 한결 편해졌다. 이제는 부딪힐 일만 남았다. 그래, 일단 해보자.

다음날부터 본격적으로 거리공연을 준비했다. 3년 전 버스킹을 했던 때를 기억해보았다. 함께라 서로에게 기댈 수 있었지만 이제는 혼자서 모든 걸 책임져야 했다. 취미로 남들에게 선보이는 것과 업으로 남들에게 선보이는 것은 깊이가 달랐다. 내가 가진 재주는 여전히 잔재주에 불과했다. 관객들 앞에서 선보이기에는 턱없이 부족했다. 그래서 제일 먼저 내가 가진 잔재주를 남들 앞에서 선보일 만 한 재주로 만드는 것을 목표로 삼았다.

4개월간 매일같이 기술들을 연습했다. 주말에는 거리공연을 보러 다녔다. 재밌는 부분은 왜 재밌는지, 좋았던 부분은 무엇이 좋았는지를 분석하고 공부했다. 여러 공연을 계속해서 보다 보니 어느 정도 공연의 틀이 보였다. 가장 중요한 건 첫 5분과 마지막 5분이었다. 첫 5분은 행인들의 발걸음을 멈추게 해야 한다. 그래서 시선을 사로잡을 만한 기술들을 선보인다. 그리고 마지막 5분은 본인이 가장 잘하거나 가장 강력한 기술을 선보인다.

내가 연습한 기술들을 그 틀에 맞춰보았다. 역시나, 기술의 수준이 턱없이 부족했다. 그리고 시간도 부족했다. 나름 방법을 강구해 보았다. 배운 기술들을 적절히 섞어보기도 했고, 이전에 가지고 있던 재주들을 교묘하게 적용해보기도 했다. 그러면서 첫 5분과 마지막 5분에 집중했다. 그러다 보니 어느 정도 틀이 나왔다. 남은 건 연습뿐이다.

4월의 따뜻한 어느 날, 쌀쌀한 공기가 조금씩 누그러들고 봄기운이 올라왔다. 나는 거리로 나섰다. 큰 기대는 하지 않았다. 내가 원하는 목표에 근접하기만을 바랐다. 몸을 풀고, 어느 정도 열이 올라왔을 때, 음악을 틀었다. 이어 첫 번째 기술을 선보였다. 행인들이 발걸음을 멈추기 시작한다. 이내 꽤 많은 사람이 모였고, 나의 관객이 되었다. 준비한 장면들을 이어서 선보였다. 곳곳에서 웃음소리가 들리고, 기분 좋은 탄성 소리도 들린다. 관객들은 점점 더 많이 몰렸고, 관객들 사이로 빈틈이 보이지 않았다. 어느덧 마지막 기술을 보여줄 때가 되었다. 마지막 기술은 내가 가장 많이 연습했다. 기술을 선보였을 때, 반응이 꽤 좋았다. 관객들은 연신 박수를 쳐주었다. 그렇게 준비한 모든 공연을 끝이 나고 나는 모자를 내밀었다. 한 명, 한 명씩 나오기 시작하였고 이내 모자에는 동전과 지폐가 수북이 쌓였다. 그렇게 나의 첫 홀로서기 공연은 끝이 났다. 준비한 시간과 노력이 헛되지 않은 기분이었다. 관객의 에너지를 받고 흥분을 가라앉힐 수 없었다. 그리고 떨리는 마음으로 팁을 세어보았다.

나는 거리공연가이다

공연자뿐만 아니라 대부분의 프리랜서는 이런 고민을 한다. 고정적인 소득에 대한 현실적인 두려움 그리고 언제까지 이 일을 할 수 있을지에 대한 미래에 대한 불안감. 앞뒤 보지 않고 무작정 하고 싶은 일을 위해 뛰어들 수 있는 사람은 많지 않다. 나 또한 시작하기 전까지 무수히 많이 고민했었고, 공연을 시작하는 그 순간까지도 두려웠다.

나는 해보지 못한 것에 대한 두려움과 걱정을 항상 가지고 있다. 이를 없앨 수 있는 방법은 해보는 것 밖에 없다는 결론이 나왔다. 막상 해보면 생각보다 훨씬 더 어려운 부분도 존재하고, 오히려 훨씬 더 쉬운 부분도 존재했다. 하지만 해보지 않았기 때문에 무작정 두렵고 걱정이 앞섰다. 아마도 앞으로의 삶은 더 험난하고, 더 많은 일이 펼쳐질 거라 예상된다. 그러한 모험이 두렵기도 하고 한편으로는 설레기도 한다. 그 끝이 무엇이든 내 방식대로 한 걸음씩 나아가보도록 해야겠다. 나의 '버스킹 라이프'는 지금부터 시작이다.

나는 거리공연가이다.

말 그대로, 거리에서 공연을 하는 사람이다.

나는 사람들이 좋았다.
그들이 즐거우면 나도 즐거웠다.
그들이 행복하면 나도 행복했다.
그래서, 나는 오늘도 거리로 나선다.

나는 거리공연가이다.

유성의 소리

이영제

이영제

대학에서 심리학을 전공하였다. 그래서 인간에 대한 관심과 사랑이 그의 삶의 큰 부분을 이루고 있다. 그는 모든 사람은 각자만의 무수한 이야기를 가진 도서관과 같다고 생각하며, 그들의 크고 작은 이야기를 하나씩 꺼내어 듣는 것을 삶의 낙으로 삼고 있다. 그 역시도 더 다양한 이야기를 지닌 사람이 되기 위해 도전을 마다하지 않는 삶을 살고 있다.

어젯밤에는 200년에 한 번 볼 수 있다는 유성우가 내렸고, 하성은 아침 출근길 지하철에서 모바일 피드 뉴스를 통해 그 소식을 접했다. 그날 오전 사무실은 200년 만의 밤하늘 천체쇼에 대한 감상으로 떠들썩했다. 하성 역시 출근 전 눈곱도 미처 다 떼지 못한 눈으로 스마트폰 화면 속 피드 뉴스에서 짤막하게 본 기사 한 줄과 사진 한 장을 한껏 부풀려 어젯밤의 감동을 지닌 한 사람인 척 연기했다. 그렇게 부산스럽게 수백 년만의 기념비적인 오전이 지났다. 적어도 점심 식사를 마치고 올라와 자리에서 눈을 붙이고 있던 그는 그 중대한 행사가 이제 마무리됐겠거니 생각하고 있었다.

"성아! 이번 유성우 있잖아, 200년에 한 번 볼 수 있으니까 다음에 볼 수 있는 해가 2222년이야. 대박이지?"

애써 자는 척해 봐야 아랑곳 않는 사람이 몇 있다. 그런 사람도 있다는 사실을 알기 전까지만 해도 하성은 점심시간의 고요한 사무실에서 유독 경쾌한 그녀의 구두 소리가 들리면 못 들은 척하며 애써 깊은 잠에 든 척 몸을 한 번 더 뒤척이곤 했다.

이수는 하성보다 한 달 먼저 입사하여 지난 3년 동안 부서의 막내 역할을 나누어 하고 있었다. 유독 말이 없는 하성과 항상 생기가 넘치는 이수를 보며 회사 사람들은 이수가 하성의 목소리를 빼앗아 갔다며 우스갯소리를 하곤 했다. 그 말이 이수에게는 더할 나위 없는 칭찬으로 들리는지 그녀는 하성에게서 빼앗은 목소리를 한껏 재잘대는 것이 낙인 것처럼 행동했다.

"2222년에 11월 11일이기까지 하면 완전 더 대박이겠다. 그지?"

이제 이수는 하성이 애써 맡으려 하지 않아도 향을 느낄 수 있을 만큼 가까이 다가서 있었다. 이름은 몰랐지만 그녀의 향수가 디올 제품이라는 것은 하성도 알고 있었다. 작년 말 하성이 여자친구에게 주기 위한 향수 추천을 받을 때, 이름 모를 갖가지 향수를 하성의 코앞에 흩뿌려대며 신이 나서 자신은 디올 향수밖에 안 쓴다고 말한 이수의 모습 때문일 것이다. 어쩌면 그 향수가 헤어진 여자친구에게 준 하성의 마지막 선물이었기 때문에 더욱 잊히지 않는 지도 모른다.

"그러고 보니까 2011년 11월 11일에 태어난 아기들은 주민번호 앞자리가 111111이라고 신기해했었는데, 그 아기들이 벌써 12살이야."

하성의 대답은 기다리지 않는다는 듯이 이수는 사고의 확장을 이어 나갔다. 옆자리 의자를 끌어당겨 앉은 이수를 더 이상은 모른 척 할 수 없어 하성은 어쩔 수 없이 잠에서 깨는 척하며 대꾸했다.

"어, 왔어? 아침에 안 보이던데."

하성과 얼굴을 마주치자 이수는 살짝 미소를 지어 보였다.

"나 오전 반차였어. 어제 얘기했잖아. 나 아는 선배가 이번에 와인바 차려 가지고 동기들이랑 가서 어제 새벽까지 술 마시다가 다 같이 우르르 나가서 유성우도 봤어."

그러고 보니 은은하게 술 냄새가 나는 게 느껴졌다. 와인바. 하성은 어제 얼핏 들었던 기억이 되살아났다. 대학 시절 이수가 좋아했던 선배, 이수는 몇 번이나 그 선배에게 거절당했으면서도 용케 아직도 친하게 지내고 있다고 했다.

"재미있었겠네. 어제 유성우는 멋지긴 하더라 정말."

하성은 오전 내내 녹음된 음성파일처럼 되풀이했던 멘트를 또 한 번 재생했다.

"아 맞아, 그런데 성아, 너는 그 유성우 중에 이질적인 새빨간 유성이 떨어지는 거 못 봤어? 아니, 분명히 나는 갑자기 하늘에 주변 유성들은 다 지워질 만큼 밝고 새빨간 줄이 진하게 그려졌다가 사라지는 걸 봤는데, 같이 있던 사람 중에 본 사람이 아무도 없더라고, 뉴스에서도 별 얘기 없고..."

이수는 유독 하성을 부를 때 성아라고 짧게 말하는 경우가 많았다. 처음에는 하성을 급하게 발음하다 보니 성아가 되었었지만 어느 순간부터는 그냥 성아라고 불렀다. 이수는 오히려 지금껏 아무도 하성을 성아라고 부른 적이 없다는 사실에 놀라워했다. 하성은 어떻게 불리든 상관없다고 생각했다.

"빨간 유성? 나는 못 본 것 같은데. 술 너무 마신 거 아냐?"

하성은 농담조로 유성 감상회를 끝내려 했지만 이수는 진지한 말투로 이야기를 이어갔다.

"아니야, 나는 오늘 오후에 급한 미팅도 있고 해서 정말 별로 안 마셨어. 그리고 분명 뉴스에는 안 나왔는데 트위터에는 나처럼 붉은 네온 빛깔 유성이 떨어지는 걸 본 사람이 몇 명 있었단 말이야. 여기 봐봐."

이수는 휴대폰으로 캡처 해 둔 몇몇 SNS 코멘트를 보여줬다. 저마다 조금씩 감상은 달랐지만 일관되게 유독 밝고 새빨간 유성을 봤다는 증언들이 서넛 올라와 있었다.

"내 말이 맞지? 근데 왜 이걸 본 사람이 몇 명 없을까? 엄청 눈에 띄었는데 말이야. 저 글들 댓글에도 자기는 못 본 것 같다는 내용이 대부분이더라고."

하성은 이제 와서 유성우가 내리는 지도 모르고 그냥 잠들었다고 털어놓기도 뭐해 짐짓 심각한 표정을 지으며 고개를 갸우뚱하는 반응을 보였다. 이수도 얘기를 하며 다시 어제의 밤하늘이 떠오르는 듯 턱을 괴고 살며시 눈을 감았다. 하성은 곁눈질로 슬며시 이수를 바라보았다. 새까만 긴 머리 사이에 조그맣게 끼어있는 흰 얼굴이 오후의 햇살을 받아 유독 더 하얗게 빛나고 있었다. 기다란 속눈썹이 움찔 들어올려지는 것을 보자 하성은 얼른 눈을 돌렸다.

"그러고 나서는 소리가 사라졌던 것 같아."

이수가 은밀한 비밀을 이야기하듯 속삭였다.

"응? 무슨 소리?"

"그 빨간 유성이 떨어질 때 말이야. 잠깐이었지만 분명 주변에 소리가 사라진 것 같았어. 한적한 동네이긴 했지만 그래도 그전까지는 식당에서 사람들 북적대는 소리, 옆에 내 일행들이 재잘대는 소리가 들렸었는데 그 순간만큼은 소리라는 게 원래 이 세상에 없던 것처럼 정적이 흘렀던 것 같아."

'그 순간만큼은 소리라는 게 원래 이 세상에 없던 것처럼 정적이 흘렀던 것 같아.'

침대에 누워 하성은 이수의 이야기를 곱씹었다. 그리곤 눈을 감고 이수의 얼굴을 떠올렸다. 항상 철부지 아이같이 환하게 웃는 모습이라 오후에 본 진지하게 고민에 빠진 이수의 얼굴이 머릿속에서 떠나지 않았다. 오후 햇살을 받아 하얗게 빛나던 이수를 떠올리자 갑자기 심장이 저릿했다. 하성은 한참을 뒤척이다가 부스스 눈을 뜨고 휴대폰으로 붉은 유성우를 검색했다. 이수가 보여줬던 글들에 꽤 많은 반응이 달려 있었다.

그날 밤 하성은 이수의 꿈을 꾸었다.

-괜찮은 거야?

-응 괜찮아! 좀 쉬면 금방 괜찮아질 거야~

아침 일찍부터 이수에게 연차를 대신 올려 달라는 메시지가 와있었다. 몸이 안 좋아 병원에 가보아야 한다는 이유였다. 이수는 괜찮다고 말했지만 하성의 마음속에는 스스로도 깨닫지 못한 사이에 걱정의 씨앗이 자리 잡고 계속해서 더 깊게 뿌리를 내려가고 있었다. 햇살에 비친 이수의 모습이 아직 잔상이 되어 머릿속에 남아 있었다.

이수는 알게 모르게 늘 마음을 쓰이게 하는 구석이 있었다. 하성은 이수가 몇 달 전 퇴근하고 둘이서 가볍게 술을 마시면서 그녀가 조그만 고시원에 살며 월급의 대부분은 가족에게 보낸다는 얘기를 했던 것이 떠올랐다. 당시에는 평소처럼 장난스러운 모습으로 이야기를 해 하성 역시 그다지 굴곡이 없던 자신의 신세를 털어놓으며 웃어넘겼었다. 그 후 이수가 없던 다른 술자리에서 인사팀의 누군가 힘든 형편에 열심히 사는 이수를 보기 좋다며 칭찬을 한 날에야 그녀의 사소한 모습들이 눈에 밟히기 시작했던 것 같다. 저녁을 자주 거르며 자신은 관리 중이니 저녁은 사치라 웃어넘기던 모습, 일주일에도 몇 번씩이나 똑같은, 하지만 누구보다도 단정히 다림질된 옷을 입고 출근하던 모습. 하성은 이수가 출근하면 커피라도 한 잔 사줘야겠다고 생각했다.

그날 하성은 현실의 시간과 자신의 시간이 서로 다르게 흐르는 것처럼 느꼈다. 하성의 시간이 어딘가 꽉 막혀 있었다. 사고의 흐름도, 감정의 동요도 시간에 따라 정체되어 있었다. 아마 마음속에 내린 걱정의 씨앗이 이미 뿌리를 단단히 내린 탓일 터였다.

과거에도 종종 이런 일을 겪었다. 중학생 때 첫 연애 상대이던 같은 반 친구가 갑작스럽게 전학을 가게 됐다며 눈물 흘리며 이야기하던 날, 대학에 입학해 첫눈에 반한 동기가 다른 선배에게 고백했다는 소문을 들은 날. 그날들도 지금처럼 시간의 어느 한구석에 세상이 처박혀서는 옴짝달싹 못한 채로 주변의 세상이 흘러가는 걸 멍하니 지켜만 봤던 기억이 슬쩍 떠올랐다.

'그 순간만큼은 소리라는 게 원래 이 세상에 없던 것처럼 정적이 흘렀던 것 같아.'

이수의 얼굴, 목소리, 새빨간 유성우. 더 이상의 개연성 있는 흐름을 가지지 못하고 파편적인 인상들만이 하성의 사고 속에서 정체되어 번갈아 가며 점멸하고 있었다. 이수의 얼굴, 목소리, 새빨간 유성우. 몇 번씩 점멸을 마치고 사고에 정적이 찾아올 때마다 현실의 장면이 바뀌어 있었다. 사무실 책상 앞 모니터, 회의실, 카페테리아, 다시 모니터 앞. 이수의 목소리. 하성은 문득 그날 자신이 말을 한 마디도 꺼내지 않은 것 같았다. 순간 정말 회사 사람들의 말처럼 이수가 자신의 목소리의 소유권을 가지고 있는 걸까라는 의구심이 들었다.

"흠흠. 아."

자신의 목소리가 아직은 자신에게 남아있음을 확인하며 하성은 괜히 머쓱해져 주위를 한 번 둘러봤다. 이미 어둑해진 하늘과 정류장 앞 길게 늘어선 줄, 벌써 술에 잔뜩 취해 흥이 난 사람들과 곧 흥이 날 사람들이 마구 뒤섞여 있었다. 하성은 하늘을 바라보았다. 희고 커다란 달 주위로 어두운 회색빛 구름이 흐르고 있었다. 하성은 붉은색은 밤하늘에 어울리지 않는다는 생각을 했다. 그리고 다시 현실의 시간과 자신의 시간이 맞추어 돌아가기 시작함을 느꼈다. 그리고 하성은 이수를 생각했다. 하성은 이수에게 안부를 물어야겠다고 생각하고는 건널목 앞에 멈추어 서서 휴대폰을 꺼냈다.

-몸은 좀 괜찮아?

다음날 사무실에는 아무 일도 없었던 것처럼 이수의 경쾌한 구두 소리가 울렸다. 하성의 시간 역시 전처럼 흘렀다. 누군가의 얼굴, 목소리, 미지의 천체 따위는 이미 제 자리를 찾아가서 하성의 시간의 흐름에 영향을 주지 못했다. 자리에 앉아 이메일을 통해 온 사소한 전산처리 요청들을 해결해 주고 회신을 하고, 정해진 시간이 되어 서류를 출력해 회의실에 들어가 화상회의 프로그램을 켜고 보고 자료를 띄우고, 회의를 마친 뒤 카페테리아로 내려가 커피 한 잔을 사 들고 팀장과 다음 업무에 대해 이야기를 나눈다. 그리고 다시 자리로 돌아와 모니터 앞에 앉는다.

그리고 점심을 먹고 올라와 자리에 앉아 잠시 눈을 감고 휴식을 취한다. 하성은 쪽잠에 들면서 한 편으로는 잠을 깨우는 이수의 구두 소리가 들리길 바랐다.

유리창을 두드리는 빗소리에 하성은 잠에서 깼다. 아직 점심시간은 10분 정도 남아 있었다. 하성은 기지개를 켜고 정수기에서 찬물을 받아와 다시 자리에 앉아서 창가를 바라봤다.

'오늘 집에 가면 미리 겨울 외투를 꺼내 두어야겠다.'

가을비가 마지막 남은 단풍들을 우수수 떨어트려 길거리를 울긋불긋 물들이는 것을 보며 하성은 생각했다.

등 뒤에서 재잘거리는 이수의 목소리가 들렸다.

"아니, 정말 거짓말이 아니라니까요?"

얼핏 들리는 단어들로 보아 하성은 이미 어젯밤에 수화기 너머로 들었던 이야기였지만 김팀장에게 하소연하는 이수의 목소리에 다시 집중해 귀를 기울였다. 어제 들었던 것보다 이야기가 많이 정제되어 있었다. 이수가 그제 새벽잠을 자던 중 목이 너무 아파 몸을 뒤척이다 눈을 떠보니 온 방이 새빨간 빛으로 뒤덮여 있었고, 놀라 소리를 지르려 했지만 뜨거운 알감자를 통째로 삼킨 것처럼 목이 화끈거리고 꽉 막힌 느낌이 들어 그럴 수 없었다는 이야기였다. 놀라서 결국 잠을 청하지 못하고 뜬 눈으로 밤을 지새우다 보니 방의 붉은빛도 옅어지고 목의 통증도 가라앉았지만, 놀란 마음에 어제는 연차를 쓰고 병원을 다녀왔다고 했다. 병원에서는 별다른 이상이 없다고 했지만 이수는 생생한 기억 때문에 아직도 신경이 날카롭게 곤두서 있는 듯했다. 김 팀장은 늘 그렇듯 사람 좋게 웃으며 어쨌든 지금은 다 나아 건강해 보여 다행이라고 이야기했다.

"성아, 너는 내 얘기 믿지?"

점심시간 동안 팀원 누구도 자신의 말을 진지하게 들어주지 않았는지 이수는 자리에 앉아있던 하성에게로 후다닥 다가와 앉으며 물었다.

"응 믿지. 지금 몸은 괜찮은 거야?"

하성은 이수의 눈을 똑바로 응시하며 걱정하듯 물었다. 이수도 자신의 몸 상태가 어떤지 고민하는 듯 눈동자를 굴렸다. 하성은 유튜브에서 짧은 영상을 무심하게 휙휙 넘기다 우연히 봤던 심리학에 관련된 짧은 영상을 떠올렸다. 인간은 과거의 기억을 떠올릴 때 어떤 감각 정보를 떠올리는가에 따라 눈동자가 위아래 중 바라보는 방향이 달라진다고 했다. 그리고 왼쪽 오른쪽 중 어디를 보는지에 따라 지어내는 이야기인지 사실인지도 구분이 가능하다고 했다. 이수는 오른쪽 아래로 눈동자를 굴렸다. 하성은 오른쪽 아래를 바라보는 게 어떤 의미인지는 기억이 안 났지만 이수의 눈에는 조금의 거짓도 섞여 있지 않았다.

"모르겠어. 아프진 않은데 뭔가 말을 할 때마다 목이 조금씩 간질간질 해. 병원에서는 아무렇지 않다고는 하는데…"

다음날 이수는 출근하지 않았다. 병가를 대신 올려달라는 얘기도 없었다. 하성은 하루 종일 몇 번이나 문자를 보내고, 처음 짝사랑하던 여자아이에게 문자로 고백을 했을 때처럼 답장을 하염없이 기다렸다. 하성은 퇴근하기 직전에서야 김팀장에게 이수의 소식을 들을 수 있었다.

"이수 씨 몸이 많이 안 좋나 보더라. 연락도 없이 출근을 안 하길래 아까 전화 걸어보니 어머니께서 받으셨어. 어제 새벽에 급하게 응급실에 실려갔다던데."

하성은 이수의 신변을 확인했다는 찰나의 안도 뒤에 찾아온 불안과 걱정으로 숨이 무거워지는 것을 느꼈다. 김팀장의 얘기를 들은 후부터 퇴근 후 집 문을 열고 들어오는 순간까지의 장면이 하나도 기억이 나질 않았다. 액정에 가득한 지문 자국을 통해 내내 이수에게 전화를 해봐야 하나 휴대폰을 만지작거렸다는 사실만이 남아있을 뿐이었다. 침대에 걸터앉은 하성은 결심한 듯 통화 버튼을 눌렀다.

세 번 정도 발신 음이 들렸다.

“네 여보세요?”

낯선 중년 여성의 목소리가 들렸다. 김팀장의 이야기를 못 들은 채였다면 평소의 하성은 당황해서 통화 종료 버튼을 눌렀을 것이다.

“안녕하세요 이수 직장 동기인 진하성이라고 합니다. 오늘 이수가 몸이 안 좋다고 들어서 혹시 좀 나아졌나 걱정돼서 연락했습니다.”

수화기 너머로 잠시 정적이 흘렀다.

“네 안녕하세요. 이수한테 가끔 이야기 들었어요. 저는 이수 엄마에요. 지금 이수가 몸이 안 좋아서 통화는 힘들 것 같아요. 몸이 괜찮아지면 연락드리라고 전해줄게요. 걱정해 줘서 고마워요.”

우아한 말투로 형식적인 인사가 전해 왔다. 다소 무겁게 가라앉았지만 상냥함이 느껴지는 목소리였다. 이수의 살가운 성격은 어머니를 닮은 것이리라 하성은 생각했다.

“네 감사합니다.”

통화를 마치고 하성의 방에는 정적이 흘렀다. 하성은 요 며칠 부쩍 이수에 대한 자신의 마음에 혼란스러웠다. 단순히 밝고 쾌활한, 힘든 가정환경에도 열심히 살아가는 마음이 쓰이는 직장 동료로서가 아니었다.

돌이켜보면 첫인상은 그리 좋진 않았다. 처음 입사해 얼어있는 자신의 어깨를 가볍게 톡 치며 이제 자기가 막내가 아니라 크게 웃던 모습이 떠올랐다. 하성은 그런 이수를 보며 친해지기 어려운 사람이리라 생각했었다. 첫인상의 편견이 바뀌는 데에 긴 시간이 걸리진 않았다. 늘 먼저 살갑게 인사하고, 업무적으로 도움을 주려 하고, 사소한 상황에서도 챙겨주려 하는 모습에 호감을 느끼지 않기란 쉽지 않았다. 그렇다고 그런 친절들이 즉각적으로 하성에게 이수를 지금처럼 큰 의미를 가진 사람으로 만들었던 것은 아니었다. 지난 3년간도 이수는 종종 몸이 안 좋아 결근을 한 적도 있었고, 단둘이 식사를 한 일도 잦았다. 때로는 서로의 연애 상담을 하기도 했다. 그런 순간들에도 하성은 이수에게 좋은 직장 동료 이상의 마음을 쓴 적은 없었다.

하성의 회상은 3년을 거슬러 올라와 비교적 최근의 사건까지 다다랐다. 하성은 반년 즈음 만난 애인과 갑작스러운 이별 후 회사 근처 조용한 카페에서 이수에게 위로를 받고 있었다. 사소한 이유였다. 하성은 자신의 이야기를 잘 하지 않고 감정 표현도 적다는 이유로 이별을 통보받았다. 이수는 함께 하성의 전 애인을 욕해주었다. 그분도 말로 표현 별로 안 했으면서 너한테만 잘못을 떠넘긴다는 둥, 말을 적게 했을 뿐이지 너는 네 방식으로 표현하고 배려도 많이 하지 않았냐는 둥의 위로를 듣고 나니 하성의 기분도 많이 나아졌었다. 하성은 위로를 받고 돌아온 날 침대에 누워 다음에는 상대방의 표현 방식을 이해하고 존중해 주는 사람을 만나고 싶다는 생각을 했다. 어쩌면 그때 이수를 떠올린 지도 모른다.

이수의 답장을 받은 것은 다음날 이른 오후였다.

-어제 전화도 했었다며. 나 몸이 너무 안 좋아서 당분간은 출근 못할 것 같아. 팀장님께는 말씀 드렸어.

이수의 문자가 평소답지 않게 딱딱한 말투로 느껴졌다. 하성은 자신의 말투가 늘 딱딱했다는 사실을 떠올렸다. 말로도, 텍스트로도. 하성의 그런 냉담한 태도에도 이수는 여의치 않고 항상 자신의 밝은 기운을 가득 담은 말투로 대화를 걸어왔다. 하성은 내심 그런 이수의 대화법을 좋아했다.

–금방 괜찮아질 거야. 너무 걱정 말고 조금만 힘내!!

하성은 자신이 쓸 수 있는 가장 기분 좋은 말투로 응원을 전했다. 하성은 자신이 한껏 밝은 척하는 문자를 보낼 때면 말투가 이수와 비슷해진다고 느꼈다.

–응 고마워. 출근하면 보자.

평소의 이수의 문자와는 달리 이모티콘도, 느낌표도 하나 없는 무뚝뚝한 문장이 돌아왔다. 하성은 심장이 차갑게 얼어붙는 것처럼 느꼈다. 자신과 대화하는 이수도 늘 이런 감정이었을까라는 의문이 들었다.

하성은 자주 자신이 대화에 서툴다는 생각을 했다. 하고 싶은 말이 없는 것은 아니었지만 말을 내뱉기 전 늘 한 번 더 생각을 했다. 이 말을 해도 되는지, 자신의 말을 상대방이 어떻게 받아들일 것인지, 자신의 생각이 틀리진 않았는지. 말을 내뱉기 전 이런 생각을 하다 보면 어느새 자신의 발언 기회는 넘어가 있었다. 언젠가부터 그런 사고조차도 짧아지고 단순히 말을 하지 않는 경우도 늘어갔다. 그래서 하성은 겉으로는 늘 과묵한 사람이었다. 문자처럼 텍스트를 통해 대화를 하면 상황은 더 심각했다. 맞춤법부터 이모티콘까지 하성 딴에는 자연스러운 상호작용을 위해 신경 써야 할 것이 너무 많았다. 차라리 실제로 대화를 하면 슬쩍 미소를 짓고 고개를 끄덕이는 것으로 넘어갈 상황들조차 문자에서는 허락되지 않는다고 느꼈다.

이수는 그런 하성에게 있어서는 정말 고마운 존재였다. 적은 고민으로도 답하기 쉽게 질문을 계속해서 던져주고, 답을 하기까지 기다려주고, 대부분의 시간은 하성이 듣기만 하고 반응만 보여줘도 신나서 혼자 떠들어대는 이수의 모습은 항상 그의 마음을 편하게 만들어줬다. 때로는 귀찮다고 여겨 차갑게 대답하기도 하고, 듣는 둥 마는 둥 행동하기도 했지만, 그래도 이수는 여의치 않고 항상 대화를 주도해 나갔다.

하성에게는 암묵적으로 이수와의 대화는 그런 식으로 흘러가는 것으로 정해져 있었다. 이수는 말하고 자신은 듣는다.

하성은 여태껏 단 한 번도 지금처럼 이수가 냉담한 말투로 대화의 끝을 낸 적이 없었다고 생각했다. 하성은 어떤 식으로 답장을 해야 하나 고민하며 한참을 고개를 숙이고 이수의 마지막 문자를 보고 있었더니 목 뒷덜미가 뻐근한 것을 느꼈다.

-그래 푹 쉬고! 또 연락할게~!

하성은 비슷한 문장을 수 십 번 썼다 지웠다 반복하다가 결국은 그다지 만족스럽지 않은 문장 하나를 완성해 내고는 보내기 버튼을 눌렀다.

다음날 하성은 탕비실에 커피를 타러 가다가 인사팀에서 이수가 한 달 정도 병원에 입원해 있기로 했다는 소식을 들었다. 하성은 병문안을 가야겠다고 생각했고, 자신이 아무렇지 않게 그런 결심을 했다는 것에 놀랐다. 하성은 이수에게 병문안을 가도 되는지 문자를 보냈고, 오래 지나지 않아서 이수는 어제와는 달리 평소 같은 말투로 그럴 필요 없는데 올 거면 붕어빵을 사 오라며 농담을 했다.

하성은 퇴근길 붕어빵을 찾느라 온 동네를 휘젓고 땀범벅이 되어서야 이수가 주소를 보내준 병원 앞에 도착했다. 병원 1층의 편의점에서 이수의 어머니께 드릴 자양강장제 한 상자를 사 들고 입원실로 서둘러 발걸음을 옮겼다. 엘리베이터 문에 비친 자신의 모습을 다시 한번 점검했다. 쥐색 긴 코트 안으로 단정한 셔츠와 벨트, 슬랙스의 가운데 선이 딱 맞게 정렬되어 있었다. 엘리베이터를 내려 입원실로 가는 길에 하성은 코를 찌르는 병원 냄새 사이로 살짝 퍼지는 급하게 뿌리고 나온 자신의 향수 냄새가 부끄럽다고 느꼈다. 이수가 있는 곳은 4인실이었다. 소이수. 입원실 문 옆의 명패를 확인하니 지금은 이수 혼자만 사용하고 있는 것 같았다. 가볍게 노크를 하고 문을 열었다.

맨 안쪽 창가 옆의 침상에는 담요를 무릎까지 덮고 양 팔로 무릎을 감싸 앉은 채 창밖을 바라보는 이수의 옆모습이 보였다. 꽤 넓은 입원실에 이수 혼자만이 있었다. 문 열리는 소리를 들은 이수가 슬며시 고개를 돌렸다. 하성은 이수와 눈을 마주치자 잠시 심장이 저릿 하는 걸 느꼈다. 어색한 티를 내지 않으려 하성은 급하게 말을 꺼냈다.

"붕어빵 사왔어. 몸은 좀 괜찮아?"

하성은 자신이 이수에게 먼저 말을 건 적이 별로 없었다는 생각이 들었다. 정적 속에 먼저 흘러나온 자신의 목소리가 왠지 어색하고 듣기 싫게 느껴졌다. 이수는 말이 없었다.

"슈크림을 좋아하는지 팥을 좋아하는지를 못 물어봤더라고. 그래서 둘 다 사 왔어."

이수는 살짝 미소를 지어 보였다. 하성은 이수의 미소를 보자 긴장되어 있던 근육들이 이완되는 것을 느꼈다.

"근데 우리 회사 근처에 붕어빵 파는 곳이 정말 없더라. 평소엔 생각도 못 했는데 막상 찾으려고 보니까 하나도 없는 거 있지? 그래서 이거 사려고 우리 가끔 가던 그 쌀국수집 근처까지 샅샅이 뒤져서 겨우 한 군데 찾은 거야."

이수는 계속해서 미소를 띠고 있었다.

"어떤 걸로 줄까?"

하성은 처음 문을 열고 들어왔을 때와는 병실의 분위기가 조금 변한 것처럼 느껴졌다. 조금 차가워진 공기가 느껴지자 하성은 갑자기 심장이 빨리 뛰었다. 입안에 뭐라도 넣지 않으면 심장이 입 밖으로 튀어나와 버릴 것 같아 서둘러 붕어빵 두 개를 꺼냈다. 하성이 허둥대며 붕어빵을 꺼내는 사이 이수는 휴대폰을 들여다보며 어딘가 문자를 보내는 듯 열심히 자판을 누르고 있었다. 하성은 양손에 붕어빵을 하나씩 꺼내어 든 채 문자를 보내는 이수를 바라보며 잠시 기다리고 있었다. 다시 한번 팥과 슈크림 중 어떤 걸로 먹을지 물어보려던 순간 이수가 급하게 타이핑 해대던 휴대폰 화면을 하성의 눈앞으로 불쑥 들이밀었다.

-고마워~~ 나는 슈크림!!!

휴대폰 화면의 하얀 메모장에는 짧은 한 문장만이 적혀 있었다. 하성은 바로 눈앞에 있는 사람에게 휴대폰 메모장으로 대답을 하는 것이 어떤 의미인지 고민했다. 하성이 당황한 기색을 내비치기도 전에 이수는 하성의 왼손에 들려 있던 슈크림 붕어빵을 홀랑 가져가 입에 집어넣었다. 하성이 미처 뭐라고 말하기도 전에 이수는 하성에게 엄지손가락을 치켜세워 보이고는 다시 무언가를 타이핑했다.

-벌써 식었네 ㅠㅠ 그래도 맛있다 너도 얼른 먹어!!

이수가 붕어빵을 든 하성의 손을 잡아 하성의 입으로 가져다 댔다. 하성은 저항도 못한 채 붕어빵 꼬리를 베어 물었다. 겉은 이미 식어서 눅눅해져 있었지만 아직 앙금에는 온기가 남아 있었다. 팥의 달달한 기운이 하성의 몸에 퍼지자 긴장이 조금은 이완되는 것처럼 느껴졌다.

"목이 많이 아픈 거야?"

하성은 급하게 한 입 베어 문 붕어빵을 미처 다 삼키기도 전에 이수에게 물었다. 이수는 오물오물 붕어빵을 먹으며 하성을 한 번 쳐다보고는 다시 자판을 두드렸다.

-나 목소리가 안 나와

하성은 이수를 쳐다보았다. 이수의 맑은 갈색 눈동자가 하성을 바라보고 있었다.

"그러니까 목이 많이 아픈 거야?"

하성이 같은 질문을 반복하자 이수는 답답하다는 듯 고개를 휘젓더니 타이핑한 문장을 다시 한번 보여주고는 검지 손가락을 펼쳐 자신의 목을 가리키며 입을 벌리고 말을 하는 듯한 행동을 취했다. 하성은 이수가 큼직하게 입술을 움직이며 반복하는 말을 한 글자 씩 소리 내 따라 해보았다.

"안…나…와…"

이수는 그제서야 입을 다물고 고개를 끄덕였다.

"안 나와?"

하성은 자신이 방금 내뱉은 말을 다시금 곱씹어 보았다. 유치원생이라도 알아들을 그 말을 이해하는데 하성은 한참 동안이나 시간이 걸렸다.

"목소리가 아예 안 나온다는 거야? 아프거나 한 건 아니고?"

이수는 입꼬리를 한쪽으로 삐죽이며 미간을 찌푸리고 고개를 끄덕였다.

하성은 스스로도 놀랄 정도로 침착하고 빠르게 이수가 처한 비현실적인 상황을 받아들였다. 마치 당연히 이수의 목소리가 사라질 것이라는 것을 알고 있었다는 듯이 하성은 아무렇지 않게 이수를 대했다. 매일 아침저녁으로 이수에게 필요한 것은 없는지 묻고, 이수가 필요한 것을 얘기하면 퇴근길에 바리바리 사 들고 병원으로 찾아갔다. 하성은 종종 이수를 본 뒤 집으로 돌아가는 밤 버스에 앉아 지금 자신의 모습이 목소리를 잃기 전의 이수와 비슷하다고 생각했다. 이수는 어떤 위기 상황에도 조금도 조급해하거나 긴장하지 않고 차근차근 눈앞의 문제부터 해결해 나갔다. 그런 이수의 모습을 보고 있으면 하성도 그 상황이 별일 아니라는 듯이 받아들일 수 있게 되었다.

그렇게 몇 달이 지났다.

뉴스에서 이수와 비슷한 상황에 처한 다양한 사람들의 이야기가 흘러나온 지도 어느새 몇 주가 지났고, 이제는 목소리를 잃은 자들에 대한 특집 방송도 사람들의 입맛에 새로움을 주지 못했다. 전 세계적으로 유사한 사례의 많은 환자가 발생했음에도 세계적인 석학들은 그들에게서 의학적으로 아무런 이상도 발견하지 못했다. 이제는 온라인상에서 찾아볼 수 있는 거의 대부분의 소식은 일부 음모론자들이 소위 '붉은 유성 증후군'을 앓는 그들에 대해 퍼뜨린 뜬소문들이었다.

더 이상 치료적인 목적으로는 병원에 머무를 필요가 없었지만 이수는 여러 검사와 연구 참여에 지원하여 여전히 병원에서 생활하고 있었다. 대부분의 '붉은 유성 증후군' 환자들은 사회로 복귀하거나 그렇게 하기 위해 노력했다. 하지만 이수는 자신의 상황에 대해 인지한 직후 사직서를 쓰고, 병원의 연구 참여 제안에 동의하였다. 이수는 서울 도심의 가장 큰 대학 병원으로 옮겨갔고, 이제는 혼자서 큰 병실을 혼자 사용했다. 대부분의 시간은 외부인과 접촉이 불가했기에 하성은 한 주 동안 이수가 부탁한 것들을 잔뜩 준비해 토요일과 일요일 오후에만 잠깐 들러 건네줄 수 있었다. 그나마도 의료진의 검열에서 대부분은 반려 당하고 기껏해야 책이나 간단한 피부 관리 용품 정도만이 하성이 전해줄 수 있는 것들이었다.

이수에게는 연구 참여 사례금이 나오기는 했지만, 지방에 있는 가족들까지 부양하기에는 기존 급여에 비해 턱없이 부족했다. 이후 알게 된 사실이지만 이수는 회사일 외에도 자잘한 아르바이트를 병행하며 가족의 생계비를 지원하고 있었다. 그래서 이수의 부모님은 일을 늘리셔야 했고, 이수를 보러 자주 올라오시지 못했다. 그래서 몇 주에 한 번 올라오실 때면 늘 면회 시간 이수의 옆을 지키던 하성의 두 손을 붙잡고 고맙다며 연신 인사를 하시곤 했다. 처음 한 달 정도는 이수의 지인들이 그녀를 보러 우르르 몰려오기도 했었다. 그럴 때면 이수는 하성을 사는 곳이 가까워 자주 와서 도와주는 친구라며 소개했고, 그럴 때면 하성은 머쓱한 표정을 지으며 이수의 지인들에게 인사를 한 뒤 병실을 나와 집으로 돌아갔다.

그러나 그런 왁자한 병문안마저 점차 뜸해지더니 이제는 하성과 이수의 부모님 이름만이 입원실 방문자 명단에 빼곡히 적혀 있었다.

이수는 종종 입원실에 누워서 자신이 이미 죽어 묘지에 누워있는 것 같은 기분이 든다며 농담을 했다. 시간이 갈수록 찾아오는 사람이 줄어들고 결국은 묘지 관리인만이 가끔 찾아와 쌓인 낙엽을 치워주는 쓸쓸한 묘지. 그 묘지에 영원히 누워 아무것도 못하는 관속의 사람이 된 것 같다는 이야기를 하며 미소를 지었지만 하성은 함께 웃어줄 수 없었다.

-나는 스위스 가서 살 거야. 경치 좋잖아 예쁘고. 알프스 소녀처럼 신나게 살 수 있을 것 같아. 안락사가 가능한 나라기도 하고ㅋㅋㅋ

이제 몇 개월 남지 않은 연구 참여 기간을 마치면 뭐가 가장 하고 싶느냐는 하성의 질문에 이수는 한참을 고민하더니 적어 보였다. 스위스. 예전에도 이수는 스위스 여행을 꼭 가고 싶다는 이야기를 자주 했었다. 이수는 이름 탓에 초등학생 때부터 늘 별명이 스위스였다고 했다. 그래서 어릴 적부터 스위스에 대해 많이 찾아보며 내적 친밀감이 쌓였다고 웃으며 이야기했었다. 특히 언젠가 알프스 자락의 평화로운 시골 마을에서 아무 걱정 없이 가족들과 살고 싶다는 이야기를 할 때면 이수는 정말 하이디가 된 듯이 순수하게 미소 짓곤 했다. 그때의 이수가 이야기한 스위스에는 밝고 긍정적인 것만이 가득했다. 안락사는 그곳에 어울리는 단어가 아니었다. 이수는 안락사에 대한 이야기는 농담이라며 손사래를 쳤지만 하성은 무거운 마음을 감출 수 없어 이수에게 버럭 소리를 질렀다. 하성은 최근 부쩍 많은 '붉은 유성 증후군' 환자들이 사회 재적응에 실패하고 스스로를 고립시키고 있다는 기사를 자주 접했다. 즉각적이고 청각적인 소통이 불가능하고, 텍스트를 통한 지연된 시각적인 소통만이 가능한 이들과의 대화는 사람에게 답답함을 주었다. 소통의 장애는 자존감 하락으로 이어졌고, 낮아진 자존감은 우울증을 동반하였다. 그런 상황에서 주변에 정서적 지지를 해줄 사람마저 없던 몇몇은 극단적인 선택을 하기도 했다. 하성은 이수의 눈을 바라보며 그런 장난은 치지 말라면서도 소리를 질러 미안하다며 사과를 했다. 이수 역시 이런 소식을 알았기에 하성에게 괜한 농담을 하여 미안하다며 사과를 했다. 이수의 눈에는 조금의 거짓도 섞여있지 않았다.

처음에는 밝고 긍정적이게 자신의 상황을 받아들이려던 이수도 시간이 흐를수록 말수가 줄어갔다. 이수 스스로도 자신의 처지에 불편함을 느꼈지만, 가끔 찾아오는 손님들의 연민과 동정 어린 시선이 그녀의 폐부를 찔렀다. 이수는 때로 이유 없이 예민해져 손에 잡히는 물건을 집어 던지기도 했다. 그럴 때면 하성은 조용히 물건들을 정리해두고 자리를 비워주었고, 그녀는 금세 사과 문자를 보내왔다. 하성은 이수가 물건을 집어던지는 순간에 있는 힘껏 소리를 지르고 싶어 인상을 구기고 입을 한껏 벌리지만 아무런 소리도 내지 못해 서글퍼 하는 모습을 떠올리며 묵묵히 그녀의 사과를 받아줄 뿐이었다.

이수는 하성에게 던지던 실없는 농담도 이제는 거의 하지 않았다. 하성도, 이수의 부모님도 이수에게 이제 연구 참여를 그만두고 밖에 나가 다시 사회생활을 시작하면 어떻겠느냐는 제안을 자주 했다. 하지만 이수는 자신을 이해해 주는 병원이라는 둥지를 벗어나는 것을 두려워했다. 하성이나 이수의 부모님 모두 이수라면 잘 이겨내고 더 좋아질 수 있을 것이라 이야기했지만 누구도 그 말에 확신은 하지 못했다.

하성은 억지로라도 이수와 더 많은 대화를 나누고 더 많은 이야기를 해주려 했다. 하성은 그동안 이수가 자신에게 해주었던 것을 다시 돌려주어야 한다고 생각했다. 하성은 이수에 대한 자신의 감정은 사랑이라고 생각했다. 하성은 이수가 목소리를 조금만 더 늦게 잃었더라면, 이수에 대한 자신의 마음을 조금만 일찍 깨달았더라면 어땠을까 하는 생각을 자주 했다. 하성은 자신의 마음을 이수에게 전해 괜한 부담감을 주고 싶지 않았다. 그저 묵묵히 곁을 지켜주고 싶었다.

하성은 지금의 상황도 나쁘지 않다고 생각했고, 그 생각은 그리 오래가지 못했다.

-하성아 항상 고마워. 그런데 나는 너한테 해줄 수 있는 게 없어. 그러니까 이제 더 이상 안 와줘도 좋아. 그냥 이제 네 삶을 살아도 돼. 나한테 미안해 할 필요 없어

새로 나온 베스트셀러 소설을 한가득 사 들고 온 하성에게 이수는 화이트보드에 쓰인 글을 내밀어 보였다. 며칠 전 이수는 휴대폰을 버렸다. 더 이상 남들처럼 살지 못하는 자신이 휴대폰을 통해 남들 사는 이야기만 하루 종일 들여다보는 모습이 너무 처량해 보인다는 이유였다. 하성은 그런 이수에게 A4용지만 한 작은 화이트보드와 보드마카를 사다 주었다.

"에이 내가 좋아서 오는 거야 너야말로 걱정 마. 아, 오는 길에 보니까 이제 벌써 봄이라고 밖에 화단에 노랗게 꽃 피기 시작했더라. 이따 산책이라도 나가자."

하성은 이수의 말이 가슴에 비수처럼 꽂혔지만 애써 아무렇지 않은 척 이야기했다.

언젠가부터 이수는 사람들이 많은 공간으로 나가면 공황 증세를 일으켰다. 한 번은 담당 의사가 밖을 잘 나가려 하지 않는 이수에게 외출을 권유한 적이 있었다. 이수는 긴장한 모습이었지만 하성의 보폭에 맞추어 조심스럽게 밖으로 나왔다. 이수가 병원 주변을 벗어나는

것은 오랜만이라 신이 난 하성은 그녀에게 새로 오픈 한 백화점에 가자고 했다. 하지만 그리 먼 길을 가지도 못하고 사람이 붐비는 지하철역에 내려가자 이수는 주저앉아 귀를 틀어막고 소리를 내지르듯 입을 크게 벌렸다. 하성은 급하게 이수를 데리고 병원으로 돌아왔고, 한 주가 지나고서야 이수에게 상황 설명을 들을 수 있었다. 사람들의 대화 소리, 말소리가 끊임없이 자신의 귀를 통해 머리로 들어오는데 자신은 그 말소리들을 내보낼 방법이 없어 머릿속이 꽉 차 터질 것 같았다는 이유였다. 그 후로는 인적이 적은 시간대에 병원 근처 산책 정도를 제외하고는 이수는 병실 밖으로 나가려는 시도조차 하지 않았다.

의사로부터 산책이라도 병실 밖으로 자주 나가주는 것이 좋다는 이야기를 들은 하성은 어떻게든 이수를 병실 밖으로 한 걸음이라도 데리고 나가려 말을 이어갔다.

"그래도 큰 병원이라고 화단도 예쁘게 잘해놨더라. 노란 꽃이랑 분홍 꽃인데, 노란 건 개나리 같은데 분홍 꽃은 진달래인지 철쭉인지 모르겠다. 아직도 난 진달래랑 철쭉이 어떻게 다른지 구분을 못하겠어."

하성은 이수의 침상 옆 소파에 털썩 주저앉아 이수를 바라보며 이야기했다. 이수는 하성을 잠시 쳐다보더니 화이트보드에 무언가 적었다. 하성은 기다리는 동안 말을 이어 나갔다.

"그래서 오는 길에 찾아봤는데 둘이 꽃 자체로는 구분하기 쉽지 않다더라. 개화 시기가 조금 다르긴 한데 그것보다는 진달래는 꽃잎이 떨어지고 나야 잎이 나는데 철쭉은 잎이랑 꽃잎이 같이 나거나 잎이 먼저 나는 게 차이래. 근데 알고 봐도 잘 구분 못하겠더라고."

하성은 올라오는 길 급하게 외워둔 것을 떠올리며 이야기를 이어나갔다. 하성이 저도 모르게 신이 나 다음 이야기를 이어가려 입을 떼려 할 때 이수가 화이트보드를 내밀었다.

-진심이야. 이제 찾아오지마.

이수는 하성을 또렷이 쳐다보고 있었다. 하성이 잘 아는 눈빛이었다.

하성은 잠시 말을 잇지 못하다가 이내 떨리는 목소리로 말을 꺼냈다.

"갑자기 왜 그래. 나는 정말 괜찮아. 나는 정말 내가 좋아서 너 찾아오는 거야."

하성은 왜인지 모르게 목에 뜨거운 것이 올라오는 것을 느꼈다. 이수 앞에서 눈물을 보이고 싶지는 않았기에 억지로 참아보려 했지만 떨리는 목소리는 막을 수 없었다. 그렇다고 말없이 앉아 있을 수는 없었다. 이수는 듣고, 하성은 말하는 것. 그게 지금 하성이 사는 세상의 규칙이었다. 하성은 뭐라도 말해야 했다. 그런데 머릿속이 하얘져 떠오르는 말이 없었다.

"나 너 좋아해. 언제부터인가 넌 내 삶에 너무 큰 의미가 됐어. 그래서 그런 거야. 정말 네가 좋아서 이렇게까지 하는 거야. 난 하나도 안 힘들어."

머릿속이 하얘진 상태로 아무 말이든 내뱉으려다 보니 마음속에 있던 말을 끄집어져 나왔다. 하성은 이수에게 좋아한다는 말을 내뱉을 때 목구멍으로 커다란 무언가 쑥 나오는 기분이 들었다. 가슴의 답답한 무언가 사라진 기분이었다. 목소리는 여전히 불규칙하게 떨리고 있었다. 이수가 차갑게 식어 떨리고 있는 하성의 손에 자신의 손을 가져다 얹었다. 하성은 이수의 손을 쳐다보았다. 희고 가는 손가락, 손가락은 햇빛을 받아 투명할 정도로 빛나고 있었다. 이수는 슬쩍 손을 떼고서는 화이트보드에 무언가 적기 시작했다. 하성은 한 마디만 더 했다가는 정말 울음이 터져버릴 것 같아 고개를 치켜들고 천장을 바라보았다. 이수는 한참 동안을 적었다 지웠다 하다가 얼마나 되었을까 하성의 무릎에 화이트보드를 올려 두었다. 그제야 하성은 천장에서 눈을 뗐다.

-알고 있어. 네가 날 좋아하는 것도 알고 있고, 정말 진심으로 날 위해주는 것도 알고 있어. 그래서 하는 이야기야. 우린 그냥 친구잖아. 넌 날 위해서 그렇게까지 스스로를 희생하면 안돼. 나 혼자서도 잘 할 수 있으니까 이젠 네 삶을 살아.

어느새 완연한 봄이 되었다. 아직은 날이 서있는 봄바람이 살짝 불 때면 벚꽃잎들이 거리를 분홍빛으로 물들였다. 하성은 자리에 앉아 이메일을 통해 온 사소한 전산 처리 요청들을 해결해 주고 회신을 하고, 정해진 시간이 되어 서류를 출력해 회의실에 들어가 화상회의 프로그램을 켜고 보고 자료를 띄우고, 회의를 마친 뒤 카페테리아로 내려가 커피 한 잔을 사 들고 팀장과 다음 업무에 대해 이야기를 나눈다. 그리고 다시 자리로 돌아와 모니터 앞에 앉았다. 그리고 점심시간 하성은 자리에 엎드려 잠을 청했고, 점심시간이 끝나갈 무렵이면 경쾌한 구두 소리가 사무실에 울려 퍼졌다. 이수가 퇴사한 자리는 신입 여직원이 채웠다. 이수만큼은 아니었지만 활발하고 밝은 사람이었다. 하성과 자주 대화를 나누는 편은 아니었지만, 밝고 명랑한 목소리로 말을 걸 때면 하성도 기분 좋게 밝은 목소리로 대답을 해 주었다. 간혹 뒤에서 몇몇 직원들이 이수가 하성의 목소리를 뺏어 갔던 게 맞는 것 같다는 이야기를 하는 경우도 있었지만, 누구도 그 조심스러운 이야기를 공식적으로 내뱉은 적은 없었다.

이수의 소식이 들린 것은 그 즈음이었다. 아직 벚꽃잎이 바람을 타고 일렁이던 어느 퇴근길 이수의 어머니에게 전화가 왔다.

"하성 씨 오랜만이에요. 다름이 아니라 이수가 내일 스위스로 출국하기로 했어요. 작은방을 하나 얻어서 글을 쓰면서 지내고 싶대요. 하성 씨에게 얘기 전해달라고 하더라고요. 저희랑은 어제 인사하고 서울에 있는 자기 집으로 돌아갔으니 아마 지금은 서울에 있을 거에요."

하성은 이수가 자신에게 마지막 통보를 한 날로부터 며칠 지나지 않아 본가로 돌아갔다는 소식을 들었다. 그 소식 역시 이수의 어머니를 통해 전해졌다. 이수의 우울증과 공황이 하성 씨 덕분에 많이 괜찮아졌다며 감사 인사를 하는 어머니의 목소리는 많이 갈라지고 지쳐 있었다. 하성은 이수가 병원을 나설 수 있게 된 것도, 우울과 공황이 많이 나아진 것도, 직접 연락하지 않고 어머니를 통해 소식을 전한 것도 다 잘된 일이라고 생각했다.

'우린 그냥 친구잖아.'

하성은 이수의 말을 떠올렸다. 맞는 말이었다. 하성은 말을 할 수 없어 매 순간을 고통 속에서 살았을 이수에게 자신의 호의와 감정을 강요했던 것이 미안했다. 이수는 남의 도움 없이 스스로도 다시 일어설 수 있는 사람이었다. 하성은 자신이 이수에게 특별한 사람이라도 된 양 곁에서 머물렀던 것이 자신의 이기심 때문이라고 생각했다. 그냥 친구로 이수의 주변에 얕고 잔잔하게 남아주지 못한 것이 미안했다. 하성은 어쩌면 자신이 매번 찾아가 신나서 이수에게 떠들어댄 것이 이수에게는 고역이었을 지도 모른다는 생각을 자주 했다. 이수는 아무리 목청이 떠나라 소리를 내고 싶어도 말을 하지 못하는데 옆에 앉은 하성은 너무나 쉽게 소리 내어 떠들어대는 모습에 약이 오르고 화도 났을 것 같다고 생각했다. 하성은 이수에게 미안했다. 미안하다는 말을 미처 전하지 못했다는 사실이 미안했다. 자신의 호의가 이수에게도 호의로만 느껴질 것이라 착각했던 것이 미안했다. 이수와 자신이 조금은 특별한 관계가 되었다고 스스로 생각했던 순간들이 부끄러웠다.

하성은 그 길로 이수의 집으로 찾아갔다. 현관 문을 두드리고 이수가 문을 열어주기를 기다렸다. 하성은 이수가 문을 열어주면 그 자리에서 바로 미안하다는 이야기를 해야겠다고 다짐했다. 도어록이 풀리는 소리가 들리고 무거운 철문이 밖으로 밀리며 열렸다. 눈앞에 이수가 서있었다. 하성의 코 정도 오는 키의 이수 뒤로 가구며, 집이며 모조리 비워진 텅 빈 집이 보였다. 방 한가운데 이불 한 장과 베개 하나만이 아직은 사람이 지내는 곳이라는 사실을 증명하고 있었다. 그리고 이불 옆에는 새빨간 캐리어 하나가 덩그러니 놓여 있었다.

"이수야 미안해."

하성이 미처 무엇이 미안한지 말을 다 끝내기도 전에 이수는 하성의 가슴팍에 새하얗게 지워진 화이트보드를 내밀었다. 하성은 이수의 눈을 똑바로 쳐다보았다. 이수도 하성을 똑바로 쳐다보고 있었다. 어두운 복도 조명 탓인지 이수의 갈색 눈동자가 새까맣게 보였다. 그렇게 몇 초를 서로를 응시하다가 이수가 입을 열었다. 소리는 없었다. 하지만 하성은 분명히 이수가 말하고 있다는 것을 느꼈다. 천천히, 또박또박하게. 이수는 하성을 향해 무언가 말하고 있었다. 이수는 마지막 단어를 내뱉고는 만족스럽다는 듯 입을 앙 다물고 살짝 고개를 끄덕였다. 하성은 이수를 바라봤고, 이수도 그랬다. 이수의 눈에는 조금의 거짓도 섞여있지 않았다.

그리고 문이 닫혔다.

봄비가 내리는 오전의 사무실은 붉은 유성에 대한 감상으로 떠들썩했다. 지난가을 있었던 200년 만의 유성우. 그 유성우 중 일부 사람들의 눈에만 띄었던 붉은색 유성으로 추정되는 운석 조각이 알프스 산 중턱에서 발견되었다. 갓 태어난 새끼 고양이 얼굴만 한 크기의 둥근 운석 한 부분에는 마치 입이라도 벌린 형상으로 구멍이 움푹 패어 있었다. 운석은 붉은빛으로 은은하게 빛이 나고 있었고, 동시에 아주 시끄러운 소음을 내고 있었다. 하나의 큰 소음이 아닌 수 십, 수 백의 주파수가 뒤섞여 만들어내는 소음이었다. 사람들은 저마다 그 소음 속에서 익숙한 단어를 들었다며 영상을 되풀이해 보고 있었다.

“이것 봐요 들리죠? 분명히 여기서 또렷하게 들리잖아요.”

한 직원이 자신이 분명히 들었다는 단어를 들려주기 위해 영상의 한 부분을 다시금 재생 시켰다. 영상에서는 알아들을 수 없는 소음이 흘러나오고 있었다.

“어어. 맞네 들리네! 그런데 끝에는 뭐라고 하는 거지?”

여전히 구간 반복 중인 영상에서는 알아들을 수 없는 소음이 흘러나오고 있었다. 몇 번을 영상을 반복하니 직원의 말에 공감하는 사람이 하나 둘 늘어갔다. 문제의 음성이 그다지 길지 않은 문장이었음에도 앞부분에 대해서는 다들 같은 소리를 들었지만 뒷부분에 대해서는 의견이 저마다 달랐다.

“나는 ‘나는 좀만 했어’라고 들리는데?”

“아니라니까요. ‘멀쩡한 혜성’이라고 한 것 같지 않아요? 운석이기도 하니까 그럴싸한데.”

저마다 그럴싸한 추측을 내어 놓으며 아무도 답을 모르는 퀴즈쇼가 무르익었다. 열 띈 토론이 한창일 때 한참 듣고만 있던 따뜻한 카페라테를 든 중년의 한 직원이 얘기했다.

“이거 뒷부분 ‘널 좋아했었나’라고 한 거네.”

맥락상 어색했지만 그래도 가장 그럴듯한 추리에 대부분의 직원이 감탄했다. 더 이상 나은 답이 나올 것 같지 않자 시끄러운 운석에 대한 대화 주제는 금방 식어버렸다. 각자 커피 한 잔씩 손에 든 채 파티션

옆으로 둘러선 직장인들에게서 결혼 얘기, 휴가 얘기, 주식 얘기. 수많은 소리가 쏟아져 나왔다.

미처 꺼지지 않은 채 책상 위에 놓인 휴대폰 영상에서는 여전히 붉은 유성의 소음이 구간 반복으로 재생되고 있었다.

웃음소리, 울음소리, 고함 소리, 한숨 소리, 노랫소리, 비명 소리 온갖 소리가 뒤섞여 공명하고 있었다.

그리고 말소리. 소음들 사이로 희미하게 말소리 하나가 또박또박 들리는 듯했다.

"보러 와줘서 고마워. 나 널 좋아해. 성아."

이제 서른

한희재

한희재

한희재(ENTJ)

1994년 연천에서 태어났고 3년 차 직장인이다. 결과만이 중요하다는 신념으로 이십 대를 보냈고, 서른을 맞이하며 자아성찰에 빠져있다. 아직은 낯설 기만한 나이에 적응 중이며 또 방황 중이다. 감정에 매우 솔직하며 사랑하는 사람과 데이트를 하는 걸 가장 좋아한다.

인스타그램: @jae_rri

글을 시작하며

삶은 참 재밌습니다. 건축공학을 전공해서 전공과는 전혀 다른 마케터로 커리어를 시작해 영업과 영업관리, 채권관리 직무를 거쳐 지금은 스타트업에서 사업 운영직무로 근무하고 있습니다. 그간 몸담았던 회사도 반도체, IT, 건설 그리고 핀테크 회사까지 다양합니다.

'나는 왜 주변 친구들과 다르게 어느 한 곳에, 직무에 정착하지 못하고 또 다른 무언가를 찾아 갈증을 느낄까?'

고민한 적도 있었습니다. 하지만 이게 저고 저는 이런 저를 받아들이기로 했습니다. 이제 서른이 되었습니다. 참 숨 가쁘게 달려온 것 같습니다. 그때는 참 힘들었던 일도, 기뻤던 일도 지금 와서 돌아보니 참 별게 아니게 느껴집니다. 그런 별게 아닌 일들이 모이고 모여 추억이 되었고, 그 추억을 먹으며 오늘을 살아가고 있습니다. 서른을 맞이하는 게 아직은 미숙해 낯설기만 합니다. 아직 서른을 맞이할 준비가 안 됐는데 저에게는 너무도 빠르게 찾아온 것 같습니다. 이십 대를 그냥 보내는 것이 못내 아쉬워 글을 쓰기로 했습니다. 유난입니다.

백 마디 말보다 한 곡의 음악이 위로가 될 때가 있습니다. 한없이 기분이 우울하고 답답할 때는 노래를 듣습니다. 좋아하는 향수를 침대에 뿌리고 몸을 기댑니다. 불을 다 끄고 흘러나오는 노래에 마음을 기대면 조금은 위로가 됩니다. 조용한 집에서 가사를 음미하다 보면 감정이 치유되고 위로받는 기분이 듭니다. 예전에는 들리지 않던 가사가 요즘은 왜 이렇게 마음을 파고드는지 조금은 어른이 된 것 같습니다. 그래서 글의 주제별로 함께 들으면 좋은 노래를 추천드렸습니다.

오늘 하루도 바쁘게 달려온 누군가에게 조금이나마 위로가 되길 바라며

23년 1월 문래동에서

이제 서른

'하늘을 바라봐
어두워도 괜찮아
빛나는 별을 찾지 않아도 돼
멍하니 바라봐
아무 생각 없이
빛나는 별이 되지 않아도 돼
조금은 느리게 걸어가도 돼'

『별이 되지 않아도 돼』109

'경기도에 있는 24평 아파트와 할부가 아직 남은 자동차 한 대, 잘 다려진 정장에 넥타이를 매고 대기업에 다니는 화이트 칼라의 남자'

어린 시절 내가 생각한 서른 살의 모습이다. 엄밀히 말하면 내가 꿈꾸던 서른 살의 모습이다. 그리고 지금 나는 내가 꿈꾸던 서른 살의 모습이 됐다. 치열하게 노력한 결과 집도 샀고, 할부가 아직 남은 자동차도 있으며, 이직은 했지만 잘 다려진 정장을 입고 대기업에 출근도 했다. 목표한 것들을 다 이룬 것 같은데 이 공허한 기분은 뭘까?

나이의 앞자리가 바뀌었다. 이십 대가 끝났다. 스무 살이 되기를 간절히 바라고 설레었던 열아홉과는 달리 서른을 바라보는 스물아홉은 기분이 참 이상하다. 설렘인 걸까? 두려움인 걸까? 평소랑 똑같이 나이 한 살을 더 먹는 것뿐인데 기분은 왜 이렇게 유난인 걸까? 펑펑 내리는 눈 때문인지, 감정을 끌어올리는 음악 때문인지 그 무엇인가가 나의 마음을 두드린다.

'나의 이십 대는 어땠어?'

생각이 많다. 오랜만에 깊은 생각에 빠진 내 모습이 반가워 그대로 두기로 했다. 나이에 딱히 관심이 없었다. 그저 한 해 한해 지날 때마다 자릿수가 바뀌는 것에 불과했다. 점점 생각이 깊어질수록 묘해지는 기분이 간지러웠다. '그래 샤워나 하자.' 욕실 거울 앞에 비친 얼굴을 유심히 바라보았다. 거울을 보니

'젖 살도 빠지고, 이제 애기 티도 좀 벗은 것 같군, 외형은 나름 갖춘 것 같은데 내면은 잘 갖췄나? 나는 서른을 맞이할 준비가 됐나?'

생각이 꼬리에 꼬리를 물수록 머릿속이 복잡해졌다. 아무리 기억을 끄집어내려고 해도 몇몇 큰 주제들만 선명하게 떠오를 뿐 기억이 구체적이지 못하다. 뭔가 하기는 했는데 그때 내 기분이 어땠지? 흐릿했다. 그 기억들을 꺼내고 싶었다. 창고 구석에서 오래된 다이어리들을 꺼냈다. 일기를 쓰지는 않지만 다이어리에 매일 일정관리를 체크하는 습관이 있는데 다이어리를 보다 보면 기억이 떠오를 것 같았다.

넘기는 페이지마다 빽빽한 일정들로 가득했다. 일 년 열두 달, 모든 페이지가 크고 작은 일정과 메모들로 빼곡했다. 검정 글씨로 빼곡하긴 일정 위에 빨간 사인펜으로 일정의 완료 유무만 체크되어 있을 뿐이었다.

'참 열심히도 살았구나 나'

한 해 한해 다이어리를 넘기다 보니 흐릿했던 기억들이 조금씩 선명 해졌다.

'스물네 살에는 미국에 있었고, 맞다 이때 친구들이랑 일본 여행을 갔었지, 아 SK텔레콤 인턴 참 재밌었는데 다들 잘 살고 있나?'

그런데 기분은 신기하게도 더 묘해졌다. 허전했다. 빼곡한 다이어리 문자들 속에 나의 감정이 표현된 단어는 하나도 없었다.

'설마, 하나는 있겠지?' 다이어리에 감정이 표현된 단어를 쥐 잡듯이 찾기 시작했다. 하지만 그 흔한 좋았다. 싫었다. 재밌다. 재미없다는 문구조차 없었다.

나의 이십 대는 굉장히 치열했다. 학업도, 일도, 노는 것도, 사랑도 심지어 돈까지도 포기할 수 없었고 모든 것을 이루려고 끊임없이 노력했다. 성인이 된 나는 모든 것이 새롭고, 신기했다. 하고 싶은 것도 너무 많았다. 또 할 수 있는 것도 너무 많았다. 나의 목표는 언제나 성장이었다. 하나를 달성하면 더 큰 무언가를 달성하기 위해 계획하고, 실행했고, 또 그걸 달성하면 더 큰 성취감을 느끼기 위해 더 높은 것을 이루기 위해 달렸다. 다이어리에 적혀 있는 To Do List를 마무리하지 못한 날에는 내가 무능하다고 자책하곤 했다. 그중에는 할 수 있는 것보다 더 한 것을 마주했을 때도 있었고 뒤로 숨고 싶기도 했지만 어떻게든 해냈다.

나를 돌아볼 여유가 없었다. 행복을 누릴 현재가 없었고 끝없이 미래를 기다리고 갈망했다. 감정을 들여다보는 게 사치라고 생각했다. 그저 하루하루를 최선을 다해 살아갈 뿐이었다. '어떤 사람이 될 지보다 어떤 사람으로 보일지 고민했던 시간'이 많았다.

후회가 되는 건 아니다. 그때는 그게 내가 할 수 있는 최선이었다. 그 열정의 시간들이 있었기에 많은 것을 이룰 수 있었고, 지금의 내가 있을 수 있었다. 그래도 서른은 조금 달라져야 할 것 같다.

희재엄마

'온통 내 걱정만이 삶의 이유였나요 당신 보다 더 소중했나요
나는 그런 당신께 해드린 게 없네요 후회뿐인 나를 용서해요'

『당신의 자리』이석훈

자연스레 대학에 입학하며 자취를 하게 되었다. 혼자 밥을 짓다 보면 문득 엄마 생각이 난다. 매일 엄마가 지어준 따뜻한 밥이 이렇게 귀찮은 일인지 몰랐다. 빨래는 또 왜 이렇게 빨리 쌓이는지 화장실 타일은 왜 이렇게 빨리 물때가 끼는지 퇴근 후 집에 와서 집안일을 하다 보면 하루가 다 간다. 이제는 시간이 흘러 서툴었던 집안 일도 혼자 곧잘 한다. 간단하게 때우던 끼니도 요령이 생겨 나름 잘 챙겨 먹는다. 근데 엄마 생각은 왜 더 짙어지는지 모르겠다. 자취의 능숙함과 엄마 생각은 반비례한다.

그날 밤 울리는 전화는 유독받기가 싫었다. 27살 생일날 친구들과 저녁을 먹고 있었다. 자정 무렵 울리는 핸드폰, 형에게 온 전화였다. 평소라면 동생의 생일을 축하하기 위해 전화를 했겠구나 하는 마음으로 기쁘게 전화를 받았을 텐데 직감적으로 그 전화는 받고 싶지 않았다.

"희재야, 엄마가 얼마 전에 병원에 다녀왔나 봐. 근데 좀 이상이 있

어서 큰 병원에 다녀왔다고 하네. 오늘 결과가 나왔는데 암 이래 바로 알려줘야 할 것 같아서"

"어디가? 얼마나? 어떻게?"

(중략)

"알겠어…"

엄마가 아프다는 이야기를 듣고 어디가 어떻게 아픈지 몇 가지 질문만 했을 뿐 생각보다 담담하게 전화를 끊었다. 그저 멍했다. 드라마를 보면 이런 상황에서 주인공은 그 자리에 주저앉아 눈물을 흘리거나 크게 충격을 받아 쓰러지던데 하는데 현실은 드라마와 달랐다.

부랴부랴 급하게 자리를 마무리하고 눈앞에 보이는 버스를 탔다. 목적지가 어디인지는 중요하지 않았다. 승객은 나 혼자였다. 창밖을 멍하게 바라보았다. 창밖에 서울의 야경이 나를 위로해 주는 것만 같았다. 엄마와의 추억이 주마등처럼 지나갔다. 그 순간 나는 주체할 수 없이 눈물을 흘렸다. 눈물샘이 고장이 난 건지 태어나서 이렇게 눈물이 멈추지 않고 흐르는 경험은 처음이었다. 그냥 그렇게 흐르는 눈물을 자유롭게 두고 싶었다. 내가 흘린 눈물은 엄마를 잃을 두려움이 아닌 엄마의 삶이 불쌍해서였다. 처음으로 엄마가 불쌍하다고 느꼈다. 신이 있다면 신을 원망하고 싶었다. 왜 하필 엄마일까? 엄마를 생각하면 상을 줘도 부족한데 암이라니 어이가 없었다.

엄마가 아파도 내가 해줄 수 있는 건 없었다. 암 환자에게 필요한 몇몇 생필품을 사러 백화점에 갔다. 쇼핑을 하면서 눈물이 날 것 같은 순간을 꾹꾹 참았다. 집에 가는 마음이 이렇게 두렵고 무거웠던 적은 처음이었다. 내가 느끼는 모든 감정들이 새로웠다. 그저 엄마를 보면 울지 말고 씩씩하게 이야기하고 오자며 마음을 달랬다. 하지만 집으로 가는 길 내내 나도 모르게 흘러나오는 눈물을 주체할 수 없었다. 일부로 신나는 노래를 틀었다. 하지만 신나는 노래들도 나의 감정을 달래주진 못했다. 집에 다 와갈 무렵 갓길에 차를 세웠다. 도저히 이 마음으로는 엄마를 볼 수가 없었다. 그렇게 십여분이 지났을까 마음을 다시 한번 다잡았다. 붉게 충혈된 눈은 어떻게 할 방법이 없었다. 그대로 집으로 향했다. 엄마는 나를 보자마자 눈물을 흘렸다. 서럽게 울었다. 엄마가 내 이름을 부르는 순간 나도 같이 울었다. 그 순간이 무서웠다.

엄마가 아파도 출근을 해야 하는 상황이 싫었다. 가족이 아픈데 출근을 하고, 잠을 자고 일상생활을 하는 사람들을 보면 '어떻게 가족 아픈데 그럴 수 있지?' 이해할 수 없었다. 하지만 부모가 아파도 일상을 살아가야 하는 게 현실이었고, 그들의 마음이 얼마나 고통스러울지 그리고 그럴 수 박에 없었음을 그제야 느낄 수 있었다. 퇴근길에 막내 이모에게 전화를 걸었다.

"희재야 내가 오늘 너네 엄마한테 한소리 했다!"

이모는 내가 전화를 걸자마자 씩씩대며 말했다.

"너네 엄마는 그 아픈 와중에도 네 걱정뿐이더라, 뭐 너한테 해준 게 없어서 미안하다나? 그래서 내가 아픈 언니 몸이나 챙기라고 새끼들은 다 잘 산다고, 대학 보내고 직장 잘 다니게 해 줬으면 됐지 뭐가 미안하냐고..."

본인 몸이 아프면 본인을 걱정해야지 왜 나를 걱정하고 있는 걸까? 이모와 전화를 끊고 깨달았다. 신이 벌하는 거라면 그게 엄마가 아니라 나라는 걸.

엄마의 인생에 엄마는 없었다. 엄마가 어렸을 때 외할머니가 일찍 돌아가셨고, 이후로 7남매의 첫째인 엄마는 시집가기 전까지 동생들의 엄마 역할을 했다고 한다. 시집을 온 후 두 아들이 태어난 뒤에는 희윤이와 희재의 엄마로 불린다. 사람들은 '희재 엄마'라고 부르는데 엄마 이름을 들어본 게 언제인지 기억도 잘 나질 않는다. 엄마는 누군가의 보살핌이 필요할 나이에도 엄마 역할을 했어야 했다. 그런 엄마를 더 들여다보고 귀 기울이라는 신이 나에게 하는 말 같았다.

시간이 지나 우리 집에도 평화가 찾아왔다. 다행히 엄마는 건강을 회복했다. 엄마가 아프기 전과 후의 달라진 건 없다. 엄마가 아팠다고 해서 내가 엄마를 대하는 태도가 바뀌진 않았다. 우리는 평소와 똑같이 살고 있다.

여행을 가거나 맛집을 가면 엄마 생각이 난다. '여기 엄마 모시고 오면 좋겠다.' 특히 강원도에 갈 때면 회를 좋아하는 엄마 생각이나 꼭 수산시장에 들러 생선을 한 두 마리 보내곤 한다. 전화로 어떤 생선이 좋은지 물으면 괜찮다고 한다. 그럼 난 다시 한번 묻는다. 엄마는 또 괜찮다고 한다. 내가 세 번째 물었을 때 그럼 문어가 먹고 싶다고 말한다. 두 번 거절하고 세 번째에 답하는 건 이 세상 모든 엄마의 규칙인 것 같다.

엄마는 나랑 백화점에 가는 걸 좋아한다. 마음만 먹으면 매일 갈 수 있는 백화점이 시골에 사는 엄마에게는 새롭고 신기한 곳이다. 엄마에게 따뜻한 외투를 사주고 싶었다. 하지만 괜히 옆에 있으면 고르지도 못할 걸 알기에 일이 있는 척 엄마손에 카드를 쥐여주고 자리를 뜬다.

"엄마 나 ○ ○ ○ 다녀올 테니까 이걸로 마음에 드는 거 있으면 사"

30분이 지나도 결제 알람이 울리지 않았다. 역시나 구경만 할 뿐 이리저리 서성일뿐이었다. 뒤에서 몰래 엄마가 오래 머문 매장들을 눈여겨봤다. 그리고 엄마와 함께 매장으로 향했다.

"어머 아까 보시던 잠바 보여드릴까요?"

직원분이 이렇게 말씀하시는 걸 보니 엄마가 마음에 드는 옷이 있었던 게 분명하다. 얼른 직원분께 옷을 보여 달라고 했다. 엄마가 좋아하는 선 분홍 빛의 외투였다.

"이건 너무 비싼데…."

팔소매를 만지작 거리며 망설이던 엄마가 옷을 입었다. 역시 나의 패션센스는 엄마를 닮은 게 분명하다. 선 분홍 빛 잠바와 티셔츠 하나를 엄마에게 선물했다. 그리고 한 번 더 카드를 쥐어주며 말했다. "엄마 이 카드 가지고 있다가 친구들이랑 맛난 거 먹고 필요한 거 있으면 사"

몇 달 이 지난 지금, 카드 사용 알람이 한 번도 울리지 않았다. 아들이 힘들게 번 돈을 어떻게 쓸냐며 옷장 깊숙이 숨겨놨을게 분명하다.

오늘도 카드 알람이 울리기를 기다리며 괜히 엄마에게 전화를 건다.

김지훈

'In all of my lonely nights
외로움에 지새우던 밤들
When i was a ghost inside
안에서 공포가 생길때
you were there for me
넌 함께 있어줬어
you were there for me
날 위해 있어줬어'
『You were there for me』Henry Moodie

촌놈들 출세했다. 모 브랜드에서 사연을 응모받아 화보를 촬영해 주는 이벤트를 진행했는데 우리 사연이 뽑힌 것이다.

"태어나서 메이크업 처음 받아와요. 와 피부 봐 너무 신기하다."

메이크업을 받으며 잡티가 점점 가려지는 게 신기했는지 형은 연신 감탄사를 내뱉었다. 점점 멋있어지는 형의 얼굴을 유심히 바라봤다.

"형 얼굴에 기미가 왜 이렇게 많아?"
"모르겠다. 언제부터 점점 생기더라고"

이유를 물었지만 나는 형에 얼굴에 기미가 의미하는 게 무엇인지 알 수 있었다.

형은 어렸을 때부터 돈을 벌었다. 벌었다기보다는 벌어야만 했다. 부모님의 부재로 할머니와 할아버지, 그리고 어린 두 동생의 생계를 책임져야 했다. 형은 그렇게 돈을 벌어서 할머니, 할아버지의 생활비며 병원비를 보내드렸고, 동생들 학비를 냈다. 형에게는 학교를 다닐 여유도, 해외여행을 갈 시간도 없었다. 형이 돈을 벌지 않으면 가족들의 삶이 멈춘다는 걸 형은 알고 있었던 것이다. 형에 얼굴에 있던 기미는 어린 나이부터 가족의 생계를 책임진 나름의 표식이었다. 그런 형의 얼굴을 바라보고 있자니 마음이 시렸다. 기미를 지워주고 싶었다. 친구들에게 묻고 물어 기미를 지울 수 있는 방법을 알바 왔다. 형에게 묻지도 않고 피부과를 예약했다. 그렇게 함께 피부과로 향했다. 선생님께서 형의 기미를 유심히 보며 상담을 해주셨다.

"기미는 한 번 시술로는 바로 없애는 건 어렵고, 충분히 시간을 가지고 10회 이상 레이저 치료를 하셔야 해요. 그리고 시술 후에는 꼭 재생크림이나 선크림을 잘 발라 주셔야 상처가 잘 아물어요."

그 말이 꼭 나에게 앞으로도 오랜 시간 형을 위해 관심과 사랑을 주라는 말처럼 들렸다.

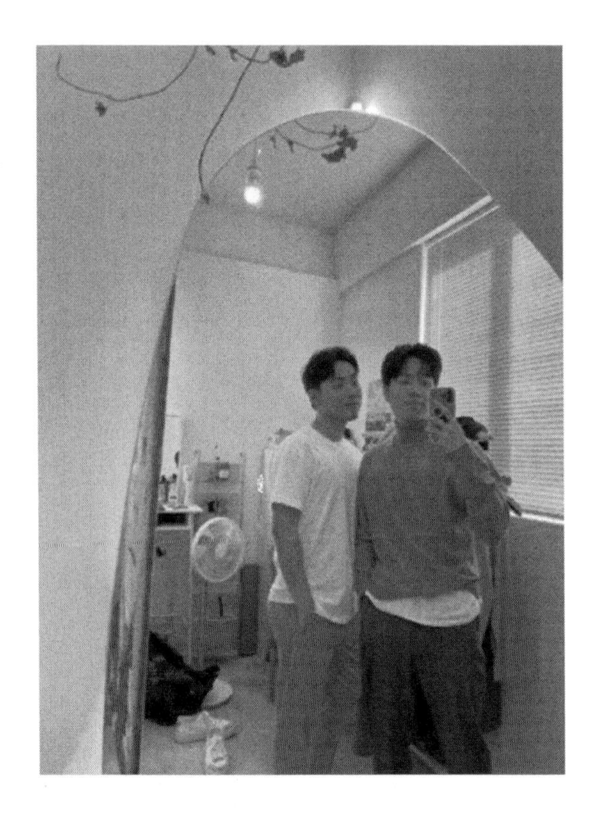

나에게는 형이 있다. 이름은 김지훈 나이는 나보다 한 살이 많고, 초등학생이 서너 명쯤 사는 시골마을에서 우리는 함께 자랐다. 일찍 사회생활을 시작한 친형을 대신에 형의 빈자리를 채워줬다. 우리는 등하교는 물론, 방과 후에도 항상 붙어있었다. 학교를 마치곤 집에 와서 둘이서 신나게 메이플 스토리를 했다. 연천 왕 머리 1, 연천 왕 머리 2 우리는 닉네임도 게임하는 시간도 늘 함께였다. 형이 나 몰래 밤을 새워 레벨업을 해온 날에는 하루 종일 삐저있기도 했다.

형은 항상 보석과 같이 빛났다. 형은 잘생긴 얼굴에 운동까지 잘해 인기가 많았다. 그런 형은 언제나 나를 지켜줬다. 내가 무거운 걸 들고 있으면 옆에와 나보다 키가 조금 더 크다며 낚아채 갔다. '쳇 커봤자 0.3cm 큰 게' 그렇게 항상 형은 무거운 짐을 들어줬다.

형은 누가 나를 놀리는 날에는 찾아가 곱절로 갚아줬다. 학창 시절 소위 양아치로 불리던 친구가 내 얼굴에 침을 뱉은 적이 있는데 그날 그 친구는 형에게 바지에 오줌이 지릴 정도로 뚜들겨 맞았다. 그날 이후 학교에서 아무도 나를 건드리지 않았다. 아무도 나를 괴롭히지 못하게 친구들에게 나를 지켜주라고 부탁도 한 것 같다.

형은 나에게 술도 가르쳐줬다. 어느 날 밤 나를 동네의 외진 곳으로 부르더니 큰 그릇에 소주와 맥주를 붓더니 한 번에 다 마셔보라고 했다. 우리는 동시에 원샷을 했고 그날 나는 내 심장이 귀 옆에서 뛰는 줄 알았다. 술도 못 마시는 중학생 형제는 술에 취해 죽을 고비를 넘기고 술은 쳐다보지도 않았다.

스무 살 여름, 형은 나에게 운전을 가르쳤다. 운전병 출신의 형은 나를 갑자기 고속도로 데려가더니 운전을 하라고 했다. 아니 이 형은 왜 중간이 없는 거야? 다짜고짜 핸들을 잡으라니. 그날이 아마 내가 태어나서 땀을 가장 많이 흘린 날이 아닐까? 온몸이 땀범벅이 되어 고속도로를 달렸다.

나는 운전할 때 오른손으로 핸들을 잡는 습관이 있다. 그래서 나는 지금도 옆자리에 누가 타면 손을 잡지 못한다. 나쁜 놈 운전을 왼손으로 가르쳐 줬어야지.

하루가 다르게 붙어 있었던 우리도 형이 성인이 되고 군대에 가고 내가 대학에 입학하면서 보는 횟수가 줄었다. 형은 제대와 동시에 돈을 벌기 시작했다. 형은 가끔 우리 학교에 찾아와 맛있는 걸 사줬다. 형이 평소에 나에게 잘 먹이는 게 2가지가 있는데 하나는 고기, 또 다른 하나는 방귀다. 이유는 모르겠지만 형은 대학생인 나를 볼 때마다 고기를 사줬다. 고기를 먹어야 공부를 잘한 데나. 지금도 여전히 나만 보면 고기를 사주려고 한다. 방귀는 왜 자꾸 먹이는지 모르겠다. 어느 날 진지하게 이유를 물으니 그냥 나를 보면 방귀를 먹이고 싶다고 한다.

그렇게 성인이 된 우리는 예전보다는 만남의 횟수는 줄었지만 서로를 향한 마음은 여전했다. 우리는 서로에게 가장 행복한 순간에도 슬픈 순간에도 늘 함께했다. 유미(예비 형수님)는 우리를 보며 강민경과 이혜리 같다고 한다. 몇 달 전 다비치 이혜리의 결혼식에서 강민경이 한 축사가 엄청 이슈가 됐다. 그 모습이 꼭 우리와 닮은 것 같다고 했고 생각해보니 닮았다.

"아니 오빠 우리 결혼식에서 둘이 엄청 우는 거 아니야?"
"그럼 그림이 좀 이상하지 않겠어?..."

머쓱하게 형을 바라보니 이미 형은 울 준비를 하고 있었다. 형의 결혼식이라? 그날 아마 눈물바다가 될 것 같다.

세상에서 형의 앞날에 웃음이 가득하기를 바라며 동생이

처음 본 그 순간부터 내 마음은 너로 가득 차 있어

'날씨가 좋아요 함께 떠날래요
별을 보며 설레는 대화를 해볼까요
좀 더 다가와 줘요
포근한 어깨에 기대 둘만의 tonight'

『파란섬』공기남

또 들켰다. 이번에는 잘 숨겼다고 생각했는데 친구들은 내가 연애를 할 때마다 어쩜 이렇게 잘 맞추는지 모르겠다. 딱히 연애를 한다고 SNS에 올린 것도 아니고 말하지도 않았는데 귀신같이 알아차리는 친구가 신기했다.

"야 네 표정만 봐도 알겠다. 아주 얼굴에 '나 연애 중 알아 봐주세요' 적고 다니는데 그걸 어떻게 모르냐 목소리에 나 연애하고 있어요 쓰여있다."

그렇다. 사실 알아차리지 못하는 게 바보일 정도로 나는 연애를 하면 티가 난다. 누가 티 안 나게 연애하는 방법을 알려주면 거금을 내서라도 배우고 싶은 마음이다. 티 안 내고 연애하는 분들을 보면 존경심이 뿜어 나온다. 아니 생각만 해도 실실 웃음이 나고 좋은데 어떻게 하란 말인가? 티 안 나게 연애하는 건 이번 생에는 글렀다.

이십 대를 돌아보며 빼놓을 수 없는 게 '사랑'이다. 운이 좋게도 참 많은 사랑을 했다. 쉼 없이 많은 사랑을 했다. 친구들은 나를 보며 어떻게 그렇게 쉬지 않고 누굴 만나냐며 부럽다고 했다. 몇 년 전 신년운세를 보러 갔었는데 그분께서 연애운이 넘치는 복 받은 사주를 타고 났다며 30대까지는 결혼을 하지 말고 연애만 하라고 말씀하셨는데 그분은 용한 게 틀림없다. 정확하게 맞췄으니 말이다.

이 십 대 초반의 연애는 많이 서툴렀다. 어떻게 사랑을 주고 또 받는지 몰랐다. 어떻게 사랑을 하고 있는지 보다 어떤 데이트를 하는지에 더 초점을 맞췄던 것 같다. 서로가 서로에게 끼워 맞추기 급급했다. 그런 서툼도 연애의 횟수가 늘어날수록 자연스러워졌다. 역시 경험이 최고의 선생님인가? 시간이 지날수록 사랑을 받는 방법도 주는 방법도 자연스레 터득했다. 미적지근한 연애도 해봤고, 이 사람 아니면 죽을 것 같은 불같이 뜨거운 연애도 했다. 짧게는 몇일에서 길게는 5년까지 참 다양한 연애를 했다.

세상에 아름다운 이별은 없다지만 나름 아름답게 마무리가 잘된 연애도 있었고, 큰 상처를 받아 내 인생에 다시는 연애는 없다고 생각한 이별도 있었다. 이런 크고 작은 연애의 경험을 통해 나만의 연애 가치관을 만들었고, 나름 나만의 철칙도 생겼다.무엇보다 평소에는 볼 수 없었던 모습들이 툭툭 튀어나오는 게 신기하다.

사랑이란 존재 앞에서는 한없이 약해진다. 콩으로 메주를 쑨다고 해도 곧이듣지 않는 내가 수 십 년간 지켜온 신념도 사랑에 빠지는 순간 무너지게 만들곤 한다.

또 사랑은 내 삶에 수많은 물음표를 남긴다. 누군가의 하루를 이렇게 궁금해해도 되는 걸까? 잠은 잘 잤는지 어떤 옷을 입었는지 밥은 뭘 먹는지 상대의 하루가 너무도 궁금 해진다. 또 사랑은 나를 유치하게 만든다. 겉으로는 이해하는 척하지만 속으로는 이해 안 되는 상황이 왜 이렇게 많은지 참으로 알 수가 없다. 평소에 내가 이렇게 쿨하지 못한 사람이었나? 깻잎 논쟁에 대해 친구들과 이야기한 적이 있는데 겉으로는 '그럴 수 있지'라고 했지만 상상만 해도 속에서 천불이 날 것만 같다.

또 상대의 작은 변화에도 예민해지며 생각이 많아지기 일쑤다. 그리고 무엇보다 매 순간 보고 싶다. 야근을 하고 피곤한 날에도 어떻게든 달려간다. 몸이 힘든 것보다 못 봐서 힘든 게 더 힘들다.

사랑도 오랜 시간이 지나면 무뎌지곤 한다. 처음에 뜨거웠던 열정은 사라지고, 익숙함만이 남을 뿐이다. 그렇다고 사랑이 사라지는 걸까? 설렘은 누구한테나 느낄 수 있지만 편안함은 사랑과 함께 나눈 시간이 더해진 선물과도 같다. 그래서 나는 그런 편안함이 설렘보다 좋다.

그런 사랑도 신뢰가 깨지는 순간 무너진다. 한 번 무너진 신뢰를 이어간다는 게 나를 얼마나 얼마나 무너트리는지 경험을 통해 깨달았다. 바람을 핀 사람을 다시 만나면서 사랑하는 사람을 의심하며 무너지는 나의 모습은 너무나 비참했다. 그 이후로 깨진 신뢰는 다시는 이어 붙이려 하지 않는다.

글을 마무리하며

참 유난인 것 같습니다. 누군가에게는 평범한 서른이란 나이가 저에게는 왜 이렇게 크게 다가오는지 모르겠습니다. 점점 짊어져야 할 책임의 무게가 조금은 버거운 것도 같습니다. 아마 앞으로 또 나아가야 할 제 자신에게 스스로 잠깐 주위를 둘러보고 제 스스로를 점검하라는 시그널 같습니다.

이십 대를 돌아보며 참 감사한 분들이 많습니다. 호기심의 눈으로 세상을 탐험할 준비를 도와준 수자쌤, 든든하게 곁을 지켜준 소희, 서울 살이의 큰 버팀목이 되어준 경민이 형, 베스트 프렌드 남영이, 진호 동생, 단비,한결,수정,유민, 세상에서 가장 존경하는 한문식 씨와 채정희 여사, 그리고 형과 형수, 윤선이와 결이, 무엇보다 사랑하는 의왕에 계신 선생님께 감사한 마음을 전합니다.

한 편의 영화와 요가

전여진

전여진

영화를 보기도 하고 찍기도 한다. 좋은 풍경을 보면 영화의 배경으로 담고 싶다. 매력 있는 사람을 만나면 그 인물을 주인공으로 이야기를 쓰고 싶다. 요즘에는 요가에 빠졌다. 요가를 통해 몸과 마음의 정렬을 추구하고자 한다. 다리 찢기가 가능한 날에는 요가에 관한 영화를 찍고 싶다. 언제까지나 영화를 만들 때 가장 행복한 사람.

블로그: blog.naver.com/wjsduwls11

우연히 요가

나는 언제나 영화를 만드는 사람을 꿈꿨다. 영화를 보며 울고 웃었고, 영화를 찍을 때에는 가장 크게 울고 가장 크게 웃을 수 있었다. 영화와 관련된 일을 하면 항상 행복할 줄 알았다. 하지만 어느새 기쁨보다 슬픔이, 좌절감이, 비참함이 느껴졌다. 그날은 유난히 잠을 설친 날이었다. 떠오르는 상념들 속에서 유영하느라 잠을 못 잤다. 주로 영화에 관한 생각이었다. 내가 영화를 계속하고 싶은 게 맞을까, 내가 하고 싶었던 영화란 무엇일까, 이제는 꼭 영화가 아니어도 되지 않을까? 꼬리에 꼬리를 무는 의문은 끝이 없었다. 고민에 빠진 나는 분명 등을 침대에 붙이고 누워있었다. 눈을 감으면 16층의 바닥을 뚫고 땅 아래까지 내려갈 것 같았다. 한숨을 쉬었다. 천장을 바라보고 생각했다. 숨 쉬는 법을 배운다면 달라질까. 수영을 시작한 친구의 이야기가 떠올랐다. 수영을 배우면 물속에서 숨을 참고 잠수를 길게 하게 된다. 잠수를 익히면 물 밖에서 더욱 유연한 호흡이 가능해 보였다.

동네 넓은 수영장이 딸린 문화체육 센터를 찾아갔다. 한 동네에서 초중고를 나온 사람이지만 한 번도 이용한 적 없는 공간이었다. 나는 기존 회원이 등록 기간에 우선권이 있다는 사실도 몰랐다. 동네에 입소문이 난 수영 교실은 마감이 빨랐다. 신규 회원이 들어갈 자리는 없었다. 수강신청 실패로 물에 발 한번 담가보지 못했다. 이대로 끝인가 싶었다. 혹시나 싶어 다른 수업은 무엇이 있나 찾아보았다. 그때 내 눈에 들어온 것은 요가였다. 지루한 운동이라는 편견을 가지고 있었다. 요가 자체는 흥미롭게 다가오지 않았지만, 유일하게 바로 수강 신청이 가능한 수업이었다. 넓은 실내 체육관에서 진행하는 덕분에 수강 인원이 많아 다소 경쟁률이 낮았기 때문이다.

아침 요가를 덜컥 시작했다. 잘하지 않아도 되는 도전의 첫걸음이었다. 당시 나는 내가 쌓아온 취향과 동 떨어진 선택을 하고 싶었다. 마음이 끌리고 잘하고 싶은 것들을 선택하며 20대를 쌓았다. 과연 맞는 방향일까 하는 의문의 답을 찾고 싶었다. 내가 생각하는 나다움에 벗어난 선택이라면 그 답을 안겨줄 것 같았다. 어릴 적부터 나는 밤을 좋아했다. 밤 산책 밤공기 밤하늘 모두 내가 좋아하는 것들이다. 사람들이 잠든 시간에 산책을 하면 같은 하루를 내가 더 길게 보내는 것 같아 좋았다. 아침 요가는 출근 준비에 정신없고 피곤하게 보내는 시간을 색다르게 보낼 수 있는 좋은 계기가 되었다.

요가 수업은 월수금 오전 7시부터 7시 50분으로 이루어졌다. 평소 나는 10시 출근을 위해 8시에 기상했다. 요가를 배우기 시작하며 6시 기상을 하게 되었다. 11월의 아침 6시는 캄캄하다. 알람 소리가 울리면 찰나의 시간에 해가 뜨기도 전에 이렇게 운동을 해야 하는 걸까 10번을 넘게 생각한다. 생각이 길어질수록 움직이기 싫은 이유만 쌓여가기에 서둘러 몸을 일으킨다. 찬 바람 사이를 비집고 체육 센터를 간다. 자리를 잡고 매트 위에 앉아 수업이 시작하길 기다린다. 이 순간이 오면 수업이 시작하기도 전에 벌써 하루가 보람찬 기분이 든다.

내가 하는 빈야사 요가는 호흡의 흐름이 중요해서 물 흐르듯이 동작을 이어나간다. 빈야사란 산스크리트어로 '흐르다'라는 의미이다. 때문에 플로우라고 불리기도 한다. 여러 아사나(요가 동작)를 끊임없이 연결해서 움직임을 만들어낸다. 들숨에 집중하고 날숨에 몸을 이완하며 움직임을 멈추지 않는다. 아사나 사이의 부드러운 전환은 침묵을 못 견디는 나에게 다행이었다. 조용한 순간에는 내 감정이 고요에 지배된다. 수업은 차분한 인도어가 섞인 노래와 함께했다. 규칙적으로 박자를 따라 몸을 움직이다 보면 머릿속에는 잡생각이 모두 사라진다. 온전히 나에게만 집중하는 시간이다. 어제의 나와 비교하며 어려웠던 자세가 발전됨을 느낀다. 차근차근 호흡하며 나의 중심을 찾는다. 근력이 부족해서 몸의 균형이 금방 흔들리곤 한다. 그래도 괜찮다. 내가 요가를 잘해야 하는 건 아니다. 나는 운동을 할 때면 항상 서툴렀다. 흔히 말하는 몸치로 움직임에 있어서 자신이 없었다. 운동에도 큰 욕심이 없었기에 못해도 괜찮았다. 요가 수업을 가면 나는 아이가 걸음마를 떼는 법을 배우듯이 호흡부터 배운다. 잔근육이 단단히 붙은 팔뚝을 휘적거리는 붉은 나시들 뒤에서 괜히 나는 움츠러든다. 남과 비교하는 것도 습관이다. 경쟁에 익숙하게 살아온 사람으로

서 스스로에만 집중한다는 것은 어려운 일이다.

"할 수 있는 만큼만 하세요."

우연히 시작한 요가였기에, 이는 하나의 수련이고 몸과 정신의 정렬을 추구한다는 것을 뒤늦게 알게 되었다. 애정이 생기니 요가에 대해 자세히 알고 싶어졌다. 유네스코 인류 무형문화유산으로 지정된 요가. 내면의 자아를 깨닫고 모든 고통을 줄어들게 하여 해탈에 이르기 위한 마음의 길을 닦는 것을 목표로 한다. 다양한 수행법이 있으며 성별과 종교에 상관없이 대중적인 운동이다. 요가 수련은 균형 잡힌 생활 방식을 유지하는 데 도움을 준다. 나는 운동을 즐겨하지 않던 사람이다. 때문에 운동의 목적이 체력증진에만 있는 것이 아니라 심신을 단련하는 수행이라는 사실이 신기하게 다가왔다. 감정이 육체에 잠식되는 걸 막고자 시작한 나에게 의미가 맞았다. 어쩌면 운명적 만남 일지 모른다.

흘러가는 대로

흔히 사람들은 우울증을 마음의 감기라고 한다. 누구나 한 번쯤 감기를 앓듯이 우울증에 빠진다는 의미이다. 가볍게 지나가는 감기가 있고 가끔 찾아오는 심한 감기가 있다. 나의 일상생활 속에서도 불쑥 찾아온다. 자아실현을 위해 선택한 일이 나의 우울증의 원인이 되었다. 어디서부터 잘못된 것일까? 우리는 100세 시대에서 50년 넘게 일을 해서 생존해야 한다. 나는 일과 자아실현이 연관되어야 행복한 인생이 된다고 믿었다. 사람들은 생계를 위해 일을 하지만 각자의 환경과 흥미에 맞는 직업을 선택해 살아간다.

나는 어릴 적부터 영화와 드라마를 좋아했다. 우리 집은 내가 대학생이 될 때까지 케이블 채널을 연결하지 않았다. 내가 초등학교 때에는 드라마에 빠져있었다. 지상파 채널에서 하는 모든 드라마를 본방송과 재방송까지 모두 챙겨보았다. 당시 우리 집에 있는 텔레비전이 케이블이 나왔더라면 나는 사흘 밤을 새워서라도 드라마를 챙겨보았을 것이다. 영상언어를 통해 표현되는 이야기가 좋았다. 이야기의 표현방식이 다양함은 물론 끊임없이 매력이 나오는 매체라고 생각했다. 중학교 때는 영화에 빠지기 시작했다. 학교가 끝나면 집 근처 영화관을 갔다. 두 눈 가득 큰 스크린을 통해 영상을 보는 게 좋았다. 영화관에 상영하는 영화는 무조건 챙겨봐야 마음의 안심이 되었다. 고등학생이 되고 스마트폰이 나오기 시작했다. 휴대폰으로 인터넷 접속이 쉽게 가능해지고 다양한 플랫폼을 접할 수 있었다. 새롭게 영화관에서 개봉하는 영화가 아니어도 일상 속에서 영화를 쉽게 접할 수 있게 되었다. 내가 영화와 관련된 직업을 꿈꾼 건 자연스러운 과정이었다.

대학교에서 영상을 전공하고 사비를 털어 졸업 영화를 촬영했다.

영화와 관련이 있는 일이라면 무엇이든 좋았다. 졸업 후 처음 내디딘 사회생활은 영화제 계약직으로 고용된 단기 스태프였다. 영화관 안에 무전기를 낀 채 일을 했다. 영화가 끝날 때마다 큰 스크린에 엔딩크레딧이 올라갔다. 극장에 상영되는 영화의 엔딩크레딧에 이름을 올리고 싶었다. 이후 나는 포트폴리오를 열심히 만들어 영화 후반 작업 회사를 입사했다. 주변 사람들에게 과분한 축하를 받았다. 부모님께 합격 소식을 전했을 때가 생생히 기억난다. 대학교 합격 소식보다 훨씬 기뻐하는 얼굴을 보고 어안이 벙벙했다. 평생 부모님과 같이 살았지만 처음 보는 표정이었다. 내가 그렇게 큰 기쁨을 줄 수 있다는 사실이 좋았다. 평생 CG 일을 하며 열심히 살아야겠다고 다짐했다. 하지만 그곳에서 나는 우울증을 처음 겪었다. 누구의 잘못도 없다. 내가 우울증을 만난 시기가 그때였을 뿐이다.

정해진 자리에서 일정한 시간에 출근하고 퇴근하며 컴퓨터를 하는 스스로의 모습이 싫었다. 내가 있으면 안 되는 곳에 있으며 자리를 차지하고 있는 느낌이 들었다. 한때 간절한 목표였는데 난생처음 겪는 좌절감이 다가왔다. 혼란스러웠다. 모든 것이 부정당하는 느낌이 들었다. 나는 매일 출근길에 사고가 나길 빌었다. 살아있을 이유가 없다고 생각했다. 나는 본가에서 출퇴근을 하면서 부모님과 함께 지냈다. 퇴근하고 집으로 들어갈 용기가 나지 않았다. 사람과 대화를 나누기 위해 용기가 필요한 시기였다. 저녁에는 옥상에 앉아 멍하니 시간을 보내다가 집으로 들어갔다. 집에서 마주 앉은 엄마의 두 눈을 마주칠 수 없었다. 돌이켜보면 내가 하는 생각들을 들통날까 싶어 무서웠던 것 같다. 길을 걸어도 사람들이 모두 나를 바라보고 나의 뒷이야기를 한다고 생각했다. 사람들이 눈치채지 못하도록 일부러 더 크게 웃으며 회사를 다녔다. 자리에 앉아 일을 하는데 우울감에 사로잡히는 순간이 잦아졌다. 감정에 휩싸이는 스스로의 모습에 충격을 받았다. 이유를 찾아야 했다. 고민 끝에 업무가 맞지 않아서 이런 감정을 느낀다는 결론을 내렸다. 지금 돌이켜보면 당시 나에게는 원인이 필요했다. 그 시기의 나는 어떤 상황에 있더라도 내 감정의 원인이 돼 줄 핑계를 찾았을 거다.

벚꽃이 피는 시기에 퇴사를 했다. 조금 더 활동적인 일을 하고 싶었다. 작업실을 구하고 작은 촬영 현장으로 일을 하러 다녔다. 날이 쌀쌀해지고 웹드라마 스태프를 했다. 12회차에 240만 원. 1회차에 20만 원. 당시 나에게는 벅차게 다가왔던 페이였다. 지금 나의 몸값일까? 받은 만큼 쓸모 있음을 증명하고 싶었다. 보통 1회차 촬영은 하루 단위이다. 하루에 20만 원이라는 이야기를 들으면 최저시급보다 많다는 생각이 들 수 있다. 그 하루는 프리 프로덕션 기간까지 포함된 시간을 의미한다. 하지만 암묵적으로 프리 프로덕션의 과정이 회차에 포함되어있다. 평균적으로 1회차가 3일 정도라고 계산해볼 수 있다. 그럼 나는 하루 12시간의 노동을 하고 대략 7만 원을 받는 셈이었다. 그것이 나의 몸값이었다. 물론 날마다 업무량이 다르기 때문에 딱 떨어질 수 없는 계산이다. 하루 일하고 하루 20만 원인 날이 있고 5일을 쏟아붓는 날도 있다. 내용에 따라 겹치는 부분도 많을 테니 대략적인 계산이다. 웃긴 이야기는 계약 초기에는 1회차에 25만 원을 받기로 했던 거다. 촬영이 가까워지고 메탈 소재의 의자가 급히 필요하였다. 일반적으로 값비싼 소품들은 렌탈업체에서 대여를 한다. 당시에는 시간이 없는 상황이었고, 이미 원하는 기간에는 의자를 빌릴 수 없는 상황이었다. 결국 의자를 만드는 본사에 연락했다. 제품이 나오는 공장에서 촬영 로케이션까지 바로 퀵으로 전달받기로 했다. 비싼 의자였다. 의자 비용과 퀵비를 감당하기 위하여 나의 몸값이 줄어든 것이었다. 촬영 내내 나는 세팅된 의자를 바라보았다. 의식적으로 쳐다보았다. 틈만 나면 두 눈에 그 모습을 담았다. 어느 정도의 역할을 해주나 지켜보겠다 하는 괜한 오기였다. 화면의 끝에 약간 걸릴 듯 말 듯 한 상황이면 의자를 밀어 화면 안에 담기도록 했다. 값비싼 의자인 만큼 영상에 많이 담기면 좋겠다 생각했다. 같은 작품 안에서 좋은 사람들도 많이 만났다. 일도 재미있었지만 문제가 생겼다. 하루하루가 지나고 다시 우울함 감정이 커지는 거였다. 감정 조절이 안되고 웃지도 못하는 순간이 잦아졌다. 맡은 일은 무리 없이 끝냈지만, 스스로 몸과 마음이 망가지고 있음을 느꼈다. 이후에 독립영화 스태프를 할 때도 마찬가지였다. 나는 매일 전화를 받는 악몽에 시달렸다. 하지만 분주한 촬영장에 두 발로 서있으면 행복했다. 스스로가 내가 있어야 할 곳이라고 느꼈다. 동시에 겁이 난다. 이미 마음이 많이 망가져 있는데 이렇게 살면 되는 걸까 궁금했다. 어쩌면 우울함의 근원은 일이 아닐 수도 있다는 걸 깨달았다. 그저 마음이 아픈 거였다.

출근길에서 살아남기

건강의 기본은 규칙적인 생활이다. 나는 새로운 회사에 입사했다. 운 좋게 좋은 사람들을 만났다. 이곳에서도 나의 쓸모 있음을 증명해야 한다는 생각은 여전하다. 하지만 무엇보다 우선은 나의 건강이다. 일정한 시간에 출근하고 퇴근하고 규칙적으로 지내며 균형을 잡아가는 중이다.

아침 요가를 하고 출근길에 나서 7호선을 탄다. 정거장을 하나씩 지날수록 사람들이 쏟아져 들어온다. 사람들은 약간의 스침과 소음에도 예민하게 반응한다. 헤드폰에서 흘러오는 아이돌 노래와 반복적으로 구르는 바퀴의 소음을 듣는다. 우연히 고개를 돌려 옆 사람을 보았다. 내가 아는 사람과 닮았다. 작은 교차점으로 과거의 순간들이 생각난다. 부정적인 생각이 멈추지 않아 메모한다. 짧은 메모로 잡념이 해소되기도 더욱 깊어지기도 한다. 숨을 쉬기가 힘들다. 식은땀이 흘러서 온몸에 난 솜털이 바짝 일어났다. 한번 숨쉬기 벅차다는 생각이 들면, 이후에는 점점 숨이 막힌다. 도톰한 겨울 코트 아래, 품이 넓은 니트 조끼 아래, 하얗고 얇은 셔츠 아래 마지막으로 살갗을 덮는 속옷이 마치 올가미처럼 내 몸을 조여왔다. 하- 깊게 숨을 내쉬어 보고 숨을 참고 길고 얇게 숨을 들이마셔본다. 심장이 너무 크게 뛰어 내 귀에 심장소리가 요동친다. 사람들을 향해서 내 심장이 터져버릴 것 같다. 내 눈앞에 7호선의 8-2칸이 피범벅이 된 장면이 스쳐가고 동시에 지하철이 멈춘다. 문이 열리고 나는 겨우 지하철을 내린다. 급하게 지하철을 탈출하듯이 도망쳐 나오면 정신이 아득해진다. 두 발이 단단한 땅에 버티고 서있음을 생각하며 쭈그려서 앉는다. 두 손으로 팔꿈치를 감싼다. 열 개의 손가락과 발가락에 힘을 주고 내 몸이 여기 있음을 느낀다. 고른 숨이 나올 때까지 호흡에 집중한다. 내 몸에 집중하라는 요가 선생님의 말씀을 되새긴다.

"본인의 몸에 집중에서 균형을 잡으세요."

뻔한 말 같다가도 부들부들 흔들거리는 몸을 바로 잡으며 들으면 안심이 된다. 우리의 일상도 인생도 마찬가지이다. 어느새 고른 숨이 나오고 나는 다시 지하철을 탄다. 처음 지하철을 탄 사람처럼 스스로를 다독인다.

나에게 있어서 내 몸의 존재를 느끼는 일은 중요했다. 어릴 적부터 내 몸이 낯설게 느껴지는 순간이 잦았다. 기억이 흐릿한 유치원생 때부터 자주 그랬다. 그때는 모두가 같은 느낌은 겪는 줄로 알았다. 알고 보니 자기 자신을 지각하는데 이상이 생긴 상태인 이인증을 이야기하는 것이었다. 자기로부터의 분리가 느껴지는 느낌이 잦아질수록 현실의 내 몸에 이질감이 생긴다. 현실에 내 몸과 정신이 따로 존재하는 듯한 느낌이다. 그런 순간에는 나는 두 손을 잡고 손부터 내가 존재함을 느끼는데 집중했다. 요가를 할 때면 손끝부터 발끝까지 의식적으로 균형을 맞춘다. 어깨와 허리, 골반을 바로 세우며 몸의 존재를 느낀다. 매일 아침 요가를 하며 지금 내가 내 몸을 느끼고 있구나 감각을 깨운다. 내가 내 몸을 온전하게 느낀다는 사실로 마음속에서 뭔지 모를 뭉클함이 피어났다. 내가 할 수 있는 거라고는 출근 전에 요가 수업을 열심히 가는 거다. 수업이 없는 날에는 집에서 혼자 요가를 했다. 마침내 나는 나의 몸을 그대로 받아들이는 일을 차근차근 해내게 되었다.

나의 한 달을 보면 우울한 날이 더 많지 않을까. 이유를 하나씩 따지다 보면 끝없는 의문에 빠진다. 힘들 때에는 고비를 넘겼던 순간을 되짚어보면 힘이 난다. 이미 내려갈 것도 없는 바닥에서 올라왔다고 생각하면 쉽다. 단편적 우울감이 지나가면 오히려 무한한 긍정이 생긴다. 무기력에 빠진 순간에는 걷잡을 수 없이 깊지만 약간만 빠져나오면 기억이 나지 않기 때문이다. 비슷한 순간이 오기 전까지 절대 상기시킬 수 없는 기억이다. 그런 순간에 적어놓은 메모들을 가끔 읽는다. 괜찮은 상태에서 그때의 메모들을 보면 내가 어떻게 이런 생각을 했는지 소름이 돋는다. 그래도 결국에는 고비를 잘 넘겼으니 스스로가 대견하기도 하다. 감정이 생각보다 길게 지속되었을 때도 있었다. 그런 시기에는 일부러 나를 그대로 봐주는 사람을 만났다. 대학교 동기인 J는 내가 아무리 변해도 나를 항상 같은 시선으로 바라본다. 어떤 일이 생긴다 해도 그 친구가 나를 보는 시선이 변하지 않는다. 여러 사건들 이후에 돌아갈 수 없는 강을 건넜다고 생각했었다. 우울증이나 공황장애를 장난 소재로 삼거나 무례하게 이야기하는 사람들을 만났을 때 다시금 느낀다. 아무리 겪어보지 못한 아픔이라 해도 함부로 말할 수가 있나 싶다. 대부분의 사람들은 장난으로 받아들이지만, 나는 절대 웃을 수 없는 상황이다. 스스로가 변했다고 생각했다. 친구 J는 나의 근본적인 모습은 그대로라고 말해준다. 그런 친구가 곁에 있어서 참 다행이다. 좋아하는 사람들이랑 있으면 이런 얼굴이 나오는구나 싶었다. 나도 몰랐다. 내가 이렇게 웃을 수 있다는 걸 잊고 있었다. 살아있어서 즐거운 건 오랜만이었다. 오랜만에 보는 내 웃음이 예뻐 보였다. 진심으로 웃는 법을 잊었던 나라고 생각했는데 말이다. 이제는 그대로 나를 받아들이기로 했다. 우울하면 어때. 이게 지금 나의 감정일 뿐이다. 나에게 용기를 준 친구들에게 나도 긍정적인 감정을 전하는 사람이 될 수 있도록 성장하고 싶다.

내가 나에게 바라는 바는 확실하지만 아직까지 나에 대해서 잘 모르겠다. 나는 어떤 사람일까. 나의 가치관뿐만 아니라 몸 상태도 포함이 된다. 일차원적으로 어디가 아프고 약하고 하나씩 살펴본다. 그에 따라 내가 살아왔던 인생을 되짚어보았다. 내가 느끼는 감정의 원인을 찾는 데 도움이 된다. 처음부터 일을 통해 대가를 바란 내가 잘못된 거였다. 절실하되 절박하면 안 된다는 것을 깨달았다. 좋아하는 마음 잘하고 싶은 마음과 별개로 나의 균형이 무너지고 있었다. 좋아서 시작한 일이 나를 망가트리고 있었다는 걸 인지해서 다행이라 생각한다. 확실한 점 하나는 여전히 나는 영화를 하는 사람이고 싶은 것이다. 요가를 통해 배운 것처럼 나의 속도대로 남과 비교하지 않고 살아가려 한다. 일에서 나를 찾지 말자. 잘 몰라도 흘러가는 대로 나답게 일하면서 살자. 나는 내가 가장 사랑하는 예술이 무엇인지 알고 있다. 즐길 수 있는 취미도 있다. 지금까지 살면서 가장 충만했던 순간은 영화 촬영 현장이었다. 스태프들은 각 파트 별로 자신이 맡은 바에 충실히 임한다. 모두가 이 작품이 순탄하게 완성되길 바란다. 조금이라도 완성도 높은 작품이 되길 바라며 열정을 불태운다. 진심을 형상화한다면 바로 이들 아닐까. 그 속에서 나는 인생에서 가장 크게 웃었고 잘 해내고 싶어서 눈물을 흘렸다. 카메라에 녹화되는 1분짜리 하나의 컷을 위해 작은 모니터 화면을 보고 그 뒤에서 우리는 움직이고 또 움직인다. 어쩌면 짧은 1분이라는 시간에 우리들의 인생까지 담겨 있지 않을까.

나는 오늘도 출근길에서 살아남았다. 아침에 요가를 하고 왔다는 사실이 하루를 활기차게 만들어주는 것이 분명하다. 내가 아직도 매일 살아남기 때문이다. 여전히 불안한 감정은 있지만, 나도 내 옆의 친구도 모두가 불완전한 인간이다. 당장 두발 서있는 땅도 흙이나 판자에 불과한 건데 내가 뭐라고 거창한 계획을 세울까. 그것들이 그대로 이루어지지 않아 우울해할까. 흘러가는 대로 살아도 괜찮다. 불안해도 괜찮다.

내일 눈이 내려도 오늘 길 위에 발자국을 남기겠어요

발행 2023년 3월 1일
지은이 최종문, 김세미, 새로미, 신지나, 서남재, 이영제, 한희재, 전여진
라이팅리더 정성우
디자인 윤소현
펴낸이 정원우
펴낸곳 글ego
출판등록 2019.06.21 (제2019-67호)
주소 서울특별시 강남구 테헤란로216, 12층 A40호
이메일 writing4ego@gmail.com
홈페이지 http://egowriting.com
인스타그램 @egowriting

ISBN 979-11-6666-280-5